그림자
속의 그림자

그림자
속의 그림자

박병대 시집

불교문예

시지푸스의 형벌 같은 삶은 끝없이 이어지고
막막한 세월의 넋 빠진 무한허공의 길이었다
슬픔 속에서 짙어진 근심은
해 뜨는 것이 고통의 부활이었고
달뜨는 것이 죽음이었다

시련의 무게는 날을 더할수록 무거워져
질곡의 삶을 건너가는 영육靈肉의 고달픔이었다
절로 터져 나오는 사십년의 구음시나위는
시련에 맞서 목숨 부지하는 생명의 전사였다

징검돌 밟아가며 조심조심 하천 건너듯이
외줄 위 어름사니 줄 타듯 살아가는 세월에는
육 개월의 앉은뱅이 세월도 있었다

슬픔이 저장된 잠재의식의 발현인지
무심한 계곡 물 흐르듯이 눈물이 흘렀고
부모님 봉양 근심으로 뼈마디가 울었다

숨넘어갈 듯 깔딱깔딱 끌려가는
끝없을 것 같은 모진 삶도 넘어와 살아있으니
넋 빠진 세월이어도 살아지고
항시 죽음을 생각했어도 살아지더라

마음 아픈 심사로 잠들지 못하고 책상에 앉아
구음시나위로 끄적거리며 심신을 위안했던
1987년 1월 21일부터 1990년 9월 10일까지
질곡의 사십년 세월에서 한 토막 세월의 부끄러운 글
동병상련의 마음을 실어
질곡의 삶으로 신음하는 모든 분께 바치니
위안이 되고 힘이 되어 꺾이지 않는
삶의 승자勝者가 되기를 기원한다

영락헌靈樂軒에서

박병대 합장

|차례|

■ 시인의 말

1부

2부

3부

4부

⁎⁎ 1부

허허롭게 지나가는 바람 소리

영혼을 잃어버린 멍청한 시간
난지도 하치장 쓰레기 더미 사연들이
투명하게 얼어붙은 시간

흉측한 몰골들 뛰쳐나와 투영된
투명 공간 허허롭게 지나가는 바람 소리
어두운 그림자 혓바닥이 널름널름 희롱한다

아픔으로 일그러진 흉상들이 비명 지르고
노을 드는 속세의 땅거미는 잠에서 깨어
하루의 생명부지 준비하는 시간

샛별이 동공에 들어오면
널름거리는 혓바닥 위에서
먹이 사냥하는 땅거미

공간의 끝 찾을 수 없는
멍청한 것밖에 볼 수 없는
농축된 공간의 약한 존재들

슬픈 미소의 힘으로
억지로 내는 용기는
하루의 생명 보존하는 위장막이다

영겁 위에서
삶의 허욕虛慾에 투영되는 수고는
얼마만한 값어치일까

땅거미는 오늘도 집을 짓고
노을은 비치는데 귓가에 스치는 바람
와 이리 춥노

영혼을 잃어버린 멍청한 시간 난지도 하치장 쓰레기 더미 위에 맹렬하게 얼어붙은 슬픈 사연들 아름다운 사연들 연인들의 속삭임마저 발 묶인 채 투명하게 얼어붙어 버린 시간이 존재하고 있다 얼룩덜룩하게 흉측한 몰골들이 투명 공간 뚫고 밖으로 뛰쳐나오고 있다 맹렬한 기세로 투영된 공간은 끝없이 멈출 곳 모르고 허허롭게 지나가는 바람 소리는 쓸쓸하게 대지를 박차고 간다

어느덧 어두운 그림자 혓바닥이 널름널름 다가서며 희롱한다 아픔으로 일그러진 흉상들이 여기저기서 비명을 지르고 속세는 또 하루를 마감하며 노을이 든다 땅거미가 취한 잠에서 부스스 깨어나 혓바닥 위를 긴다 또 하루의 생명부지 준비하는 시간 샛별이 동공으로 들어올 때쯤이면 날줄과 씨줄 솜씨 있게 엮어놓고 먹이사냥 시작하는 복병 땅거미가 널름거리는 혓바닥 위에서 군침 삼키고 있다

샛별의 뒤편으로 눈망울 굴려보아도 끝을 찾을 수 없다 모든 공간의 농축된 시간이 허공 안의 멍청한 것밖에 볼 수 없는 약한 존재들이다 허공 바라보는 무료함 위로하기 위해 조물주는 수많은 별 뿌려놓았음을 아는 자가 몇이나 될까 슬픈 미소 뒤에 고이는 힘으로 어거지 용기 내며 하루를 위장해 버리는 생명보존의 위장막이 지금 이 시간 속에 존재하고 있다

16

영겁 위에 서서 삶의 허욕虛慾에 투영돼 가는 수고는 얼마만 한 값어치가 있는 것일까 땅거미는 오늘도 집을 짓고 난지도 쓰레기 하치장은 맹렬하게 얼어붙고 여전히 다가오는 그림자의 혓바닥들 노을은 비치는데 귓가 스치는 바람이 와 이리 춥노

불가항력의 궤적

점박이 면사포 쓰고
대지로 오는 순결이 쌓여도
알뜰한 순결은 다른 곳에 있다

백색 향기는 짓밟혀
거무죽죽한 눈물로 흐르고
슬픈 사연도 흐르며 노래하는 아픔

대지에 내린 영혼 꽃 피우고 싶어
앞만 보고 가는 무리의 행진곡
어느 누가 흉내 낼 수 있을까

세월이 그대들을 땅 속으로 잡아당기고
신神은 하늘로 영혼을 잡아당기는
영靈과 육肉으로 찢기는 불가항력의 궤적

인간의 모든 향락과 고통
허물을 홀랑 벗겨내는
심판대 위에서 찢겨 퇴색돼 간다

잎새들 단풍 들어 낙엽으로
대지에 나뒹굴어
흙빛으로 퇴색하는 세월

애환과 향락의 뒤범벅 세월
거대한 몸짓 세워 우주로 향하는
일렁대는 아프고 저린 마음

허공의 찢긴 영혼들이 승리를 위해
바람에 실려 춤추며 쫓겨 다닌다
진정 위대했던 그대들이여

푸근한가 했더니 잠시뿐 또다시 공간은 점박이 면사포 쓰고 대지를 뒤덮고 있다 순결한 채로 쌓여가건만 알뜰하게 지켜지는 순결은 또 다른 곳에 있다 아비규환이 일렁이는 곳에서 이내 백색 향기는 거무죽죽한 할큄을 당하고 짓밟혀 눈물로 흐르고 있다 슬픈 사연도 그렇게 흐르며 아프고 저린 마음 노래하고 있구나 숨차도록 멀리멀리 달아나는 소리들 거대한 흐름의 행진을 과연 누가 막을 수 있을까 지나온 자취 지워가며 앞만 보고 가는 저 무리를 보라 대지에 쏟아져 내린 영혼 다시 승화로 꽃 피우고 싶은 저 무리들의 행진곡을 어느 누가 감히 흉내라도 낼 수 있을까

보이지 않는 세월이 그대들을 땅속으로 잡아당기고 보이지 않는 신神이 그대들의 영혼을 하늘로 잡아당겨 양극의 줄다리기가 끝내는 인간을 영靈과 육肉으로 찢어 놓고야 만다 불가항력의 궤적을 인간은 가야 한다 좋든 싫든 섭리의 윤회 거부할 수 없는 운명 인간의 모든 향락과 모든 고통의 허물 홀랑 벗겨내는 심판대 위에서 찢겨야 하는 것이다 결국에는 자취마저도 희미하게 퇴색돼 가야 한다

초록의 계절에 푸르름 노래하던 모든 잎새 단풍 들고 낙엽이라는 또 다른 이름으로 대지 위에 나뒹굴어 점점 흙빛으로 퇴색돼 간다 그렇게 수많은 애환과 향락의 뒤범벅 세월을 지내

고 나서 드디어 우주로 향하는 거대한 몸짓 일으켜 세우는 것
이다 일렁거리며 아픔 떨치는 춤으로 있는 듯하다가 거대하
게 포효하며 솟구쳐 올라 하얀 포말의 탄원서 신神에게 보내
고 승리를 위해 오늘도 일렁이는 몸짓으로 춤추고 승리를 위
해 허공에는 찢긴 영혼들이 바람에 실려 이리저리 쫓겨 다니
고 있다 진정 위대했던 그대들이여 그대들이여

빈 껍질

물어뜯고 싶은 세월
울고 싶은 세월
얼어붙은 세월

얼어붙어 촛점 잃은 눈동자
희멀겋게 클로즈업되는
잃어버린 영혼

하늘 보는 것이 부끄러워
고개 둘 곳마저 잃은 나는
모든 것 빼앗긴 빈 껍질

섭리 좇아 행하고 싶어도
타의에 복종해야 하는
혐오스러운 세태

숨 가삐 돌아간 자취들
바람이 모두 앗아가
흔적조차 상상하기 싫은 슬픈 시간

남아있는 짧은 시간마저 바람에 실려
부끄러움으로 가야 하는 허허로움은
야수의 발톱보다 더한 공포를 자아낸다

부끄러운 것들 태우며
멍청하게 허허 웃는
절망의 몸뚱어리

남아있는 세월마저 뺏길 것 같아
빈 껍질만 허허虛虛로이 바람에 나부끼며
빼앗기고 빼앗기고 빼앗기면서

물어뜯고 싶은 세월이다 네 활개 허우적거리며 울어버리고 싶
은 세월이다 그저 모든 것이 멍청한 가운데 스쳐 지나가고 있
다 잃어버린 영혼 찾기 위해 촛점 잃은 눈동자는 얼어붙은 사
방 위아래가 그저 희멀겋게 클로즈업된 눈동자 굴려대고 있다

한발 한발 발자국 옮길 때마다 비명 지르는 대지의 울음이 하
늘 오르기 전에 나의 귀청 두드리며 발자국을 엉거주춤하게
만들고 있다 대지 딛고 일어서는 것조차 부끄러운 나는 더더
군다나 우러러 하늘 보는 것에 이름에서야 더욱 부끄러운 나
는 고개 둘 곳마저 잃은 나는 무엇을 더 추구할 수 있을까 죄
인은 고개 숙인다지만 대지를 바라보는 자격 없이 마냥 고개
숙일 수도 없고 그렇다고 어찌 하늘 우러를 수 있단 말이냐 사
람의 도리를 행하지 못한 수치 어찌 씻을 수 있겠느냐 모든 것
빼앗기고 빈 껍질만 허허虛虛로이 바람에 실려 나부껴 다니는
나그네 되었구나

섭리 좇아 행하고 싶어도 타의에 복종해야만 하는 세태가 혐
오스럽기만 하다 현재에 안주해 있는 동안 득시글거리는 인간
들 속에서 시간 수놓으며 숨 가삐 돌아가는 자취 남기며 존재
하건마는 바람이 모두 앗아가 버려 흔적조차 생각하기 싫은
시간이 차츰차츰 다가오는 몸짓은 멈추지 않는데 남아있는 짧
은 시간마저 부끄러움으로 가야 하고 바람에 실려야 하는 허

허로움이 야수의 발톱보다 더한 공포 자아내고 있는 나의 육
체에 흐르는 즙 모아 불 지펴 부끄러운 것들 태우고 싶다

세월이 마냥 있는 것은 아닌데 나는 헛바퀴만 돌리고 있다 그
냥 공허한 빈 바람 소리만 듣는 절망으로 눕는 밤 모든 것 빼
앗겨 남은 세월마저 뺏길 것 같아 두려운 웃음만 멍청하게 웃
으며 빈 껍질로 허허로이 바람에 나부끼며 날려 보낼 수밖에
없구나
빼앗기고 빼앗기고 빼앗기면서

흘러넘치는 독백

눈 쌓인 군살 같은 아스팔트
미끄러지며 기어 다니는
군상群像의 괴물들

아우구스티누스가 하느님께 속죄했듯이
흘러넘치는 독백의 속죄로
하루하루 죽어가는 인생들

하늘이 벗겨지고 푸름이 얼굴 내밀어도
방황에 지친 사람들의 허전한 아픔을
오늘 밤만큼은 잊고 싶다

흔적 없이 사라지는 세월
촛불도 일렁이게 흔들어 놓는
앙상한 손 마주 잡은 속죄의 깨달음

싸라기 눈물 같은 축복으로
내 인생이 시작되었는지
애달픈 간장 딛고 서려는 몸부림

느닷없이 다가와 할퀴고 가는 세상살이
노예로밖에 살 수 없다는 것을
모르는 세상

옳고 그름 헤아리지 못하는
슬픈 굴레 잊은 그들
통하지 않는 통함은 불가하다

눈물겹게 보고 싶은 그립고 정다운 사람
속세의 통탄스러운 작태는 쓰레기하치장으로 가라
세상이 춥고 인간이 추워 내 영혼마저 얼어붙었다

눈이 내린다 하느님이 세상에 조미료를 뿌리시는 것 같다 아스팔트 위로 미끄러지며 기어 다니는 괴물들 군상群像들 인생들이 흘러넘쳐 가며 풋풋한 저마다의 사연 찾아 쫓아다니는 속세에서 아우구스티누스가 자신의 죄를 철저하게 파헤쳐 가며 하느님께 속죄하듯이 흘러넘치는 독백으로 속죄하며 하루하루 죽어가는 인생들 난지도 쓰레기는 오늘도 존재하였다

하늘 벗겨지고 투명한 푸름이 얼굴 내밀어도 난지도는 말없이 모든 세상 포용하고 있는데 방황하다 지친 사람들의 허전한 아픔도 오늘 밤만큼은 잊고 싶다 답답한 세월도 즐거운 세월도 작은 시간 속에 흔적 없이 머물렀다 사라진다 하나의 물거품 같은 독백으로 앙상한 두 손 마주 잡고 속죄하는 깨달음을 너는 할 수 있을지

안타까운 분노의 열기가 촛불마저 일렁이게 흔들어 놓는 내가 존재하는 시간 얼마만 한 삶의 덩치가 나를 누르고 있는지 알 수가 없다 성숙되지 않은 싸라기 눈물 같은 축복으로 내 인생이 시작되었는지 그렇지 않은지 나는 알 수가 없다 귓불에 다가오는 바람들 애달픈 간장 딛고 서려는 작은 몸부림의 시간마저도 내게는 소중하다는 것을 나는 알고 있다

느닷없이 다가와 할퀴고 가는 세상살이가 이렇게 연결되는 것

을 노예로밖에 살 수 없는 것을 세상은 모르고 있다 무엇이 옳고 무엇이 틀린 것인지조차 헤아리지 못하는 슬픈 굴레 그들은 잊고 있다 통하지 않는 통함을 통해서 나는 무엇을 얻고 무엇을 잃었는지 주어진 삶의 영역 안에서 극대화로 통하는 길 찾아 나서자 난과 잡초의 차이가 무엇인지 이제 파헤칠 때가 된 것 같다

새벽부터 삭막한 싸라기를 맞으니 오늘따라 더 추워지는구나 그리운 사람들 정다운 사람들 눈물겹도록 보고 싶은 사람들 그래도 아픔은 나만의 소유가 결코 아니라는 것을 나는 알고 있다 그래서 더 큰 아픔으로 보내는 오늘 통탄스러운 속세의 작태들도 난지도 쓰레기하치장으로 가거라 춥다 인간이 춥고 세상이 추워 내 영혼마저 투명하게 얼어붙었다

탈진한 영혼

허우적대는 빨간 번뇌의 늪
숨을 곳 찾아 헤매며
타들어 가는 영혼들

빨간 몸 태우는 속세의 삶
바람 타는 빨간 꽃잎의 신음
뿜어져 나오는 빛은 그림자를 만들지 못했다

불길한 예언 내포한 암적색 번뇌
미로 속 향하는 허탈한 영혼은 탈진하여
슬픈 미소로 사랑의 번뇌와 작별한다

나를 기다리는 까만 밤
안주의 평온보다 번뇌로 태우는 촛불
나는 나를 태우고 번뇌는 영혼을 태운다

연緣 맺는 윤회의 괴로움 오늘도 보며
미래의 어느 날 보아야 하는
연緣의 괴로움 피할 수 없는 아픔

정해진 궤적 따라가는
인생의 역마다 기적 울리며
바람 같은 방랑자를 위해 건배를 하자

솔 내음 실은 산들바람 같은 방랑
번뇌가 물어뜯은 빨간
꽃잎의 잘린 아픔

빛을 품고 그림자 만들지 말자
탈진한 영혼 잘린 빨간 꽃잎 위해
우주 속으로 영원히 가는 기적汽笛 울리자

빨간 번뇌 허우적거리며 헤매다 숨을 곳 찾는다 번뇌의 늪에서 타들어가는 영혼들 나는 느낄 수 있다 안타까운 속세의 삶 가운데 오도카니 몸 태우는 빨간 꽃 잎사귀가 바람을 탄다 여전히 뿜어져 나오는 빛은 그림자 만들지 못하고 신음한다 영혼의 빨간 빛깔마저 말라붙어 암적색 불길한 예언 내포하고 번뇌는 번뇌를 부르고 있다

발자국 옮겨놓는 길마저 미로 속으로 향하고 허탈한 영혼들은 탈진해 있고 부추겨대기만 하는 분노는 사랑마저 아랑곳하지 않고 있다 슬픈 안녕의 미소처럼 오늘은 저물고 까만 밤이 나를 기다리고 있다 내가 안주할 수 있는 평온함보다는 번뇌로 태우는 촛불 지켜보며 나를 태우고 번뇌는 영혼 태워가며 동녘 직시하는 갈망은 이내 빨간 꽃잎의 사연 되어 나의 머리 위에 내려앉는다

인연因緣맺고 연緣으로 연결되는 윤회의 괴로움 오늘도 보았다 미래의 어느 날 또다시 연緣의 괴로움 봐야 하는 피할 수 없는 아픔 존재하기에 아파야 하는 영혼 번뇌 속으로 녹아드는 것을 막을 수 없구나 나에게 주어진 궤적 따라 정해진 인생의 역마다 기적 울리며 지나갈 수밖에 바람같이 막힘없는 방랑자 위해서 건배하자 영혼이 방랑하고 번뇌가 방랑하고 내가 방랑한다 김삿갓도 그렇게 죽장 짚었듯이 솔나무잎새에 솔 내음

실어주는 산들바람 같은 방랑을 한다

번뇌가 물어뜯은 빨간 꽃 잎사귀의 잘린 아픔으로 이 시간도
잊지 말자 소중한 나의 모든 것들 잊지 말자 마농 레스꼬는 존
재했었다고 생각만 하자 빛 품고 그림자는 만들지 말자 영원
히 숨을 곳 찾아 이 시간도 보내주자 암적색으로 보내주자 탈
진한 영혼을 위해서 잘려진 빨간 꽃잎을 위해서 우주 속으로
영원히 갈 수 있는 기적汽笛 울리자

표피적인 세태

가증스러운 표피적 세태의 흐름
퇴화된 머리통의 껍데기
세월에 도둑맞고 마비된 의식

바람에 날아간 감성으로
생활의 노예 되어 허덕이는 삶
타성으로 덮어놓고 가야만 한다

짐승으로 존재하는
인간의 극렬한 싸움은
더해진 애환의 고통을 짊어졌다

죽은 하루는 한 획을 긋고
죽을 하루를 맞이하며
동그라미로 굴러야 한다

가증스러운 작태를 봐야만 하고 덮어 두어야만 하는 표피적인 세태의 흐름을 보거라 퇴화돼 가는 머리통을 보거라 바람은 오늘도 불어온다 일깨우려는 화두는 오늘도 존재하는데 퇴화돼 간다 씌워지고 씌워지고 또 씌워지는 껍데기 중량 이기지 못해 마비되는 것을 볼 수밖에 없는 나약한 것들에게 하늘이 울린다고 느낄 수 있을까

생활의 노예로 떨어져 허덕이는 이들에게 속삭이듯 들려주는 푸시킨의 위로가 얼마나 도움이 될까 진통으로 태어나는 숭고한 태초 망각하고 의식마저 도둑맞고 감성까지 앗겨버린 슬픈 사연을 나는 눈물 나서 말할 수 없다

인간은 짐승으로 존재하고자 극렬한 싸움을 하고 있으니… 삶의 무게를 고통의 애환을 짊어지고 가는 슬픈 무리들 오늘 하루도 인생의 주름살로 내가 죽어 한 획 그어버리고 내가 죽을 하루를 위해 준비해야 한다 날 밝기 전에 또 하나 주름잡기 위해 준비해야 한다

삶의 절규

일그러진 삶의 진한 절규
산산이 부서진 초라한 조각
무엇과도 바꿀 수가 없다

어느 하나도 버릴 수 없는
소중한 삶의 끈적한 것들
삶의 절규가 가슴에 망치질한다

허허로움에 찾아온 바람이
소중한 것들 닦으며
정화하는 밤은 섭리이다

푸른 꿈 꾸며 천둥을 기다리고
태고의 꿈으로 태어나
산들내山野川 터벅터벅 묵묵히 간다

무당벌레 독거미 비단뱀 지나
호랑나비 꿀벌 비둘기 보며
파랑새 찾아간다

원죄의 사슬 철그럭거리는 발목
망각의 이름표 가슴에 달고
발목에 흐르는 피는 감수 한다

업으로 물려받은 원죄의 윤회는
눈부신 인간들의 유산
멀리서 둔탁한 북소리가 들린다

오늘도 찢어진 조각 망각하며
태고에서 기다리는 우주로
너덜해진 몸뚱어리가 날아간다

일그러진 삶의 조각 주워 모은다 무엇과도 바꿀 수 없는 진한 절규가 숨 쉬고 있다 산산이 부서진 초라한 조각들 맞춰본다 찌그러진 거대한 형상으로 내 눈을 찌르고 있다 나에게는 소중한 삶의 끈적임을 부여해주는 어느 하나도 버릴 수 없는 것들이다 아파온다 삶의 절규가 나의 가슴에 망치질하고 있다 지나고 나면 썰렁한 허허로움으로 불어오는 바람맞이 하건만 소중했던 한 모퉁이의 작은 점이 작아지고 거듭 작아져 언젠가는 퇴색돼야만 하는 모퉁이들

진한 타액 풀어 여기저기 바르고 싶다 정화된 밤을 위해서 하루 종일 나의 소중한 것들 닦아가며 휴식한다 그냥 정화돼 가는 섭리 가운데 늘 푸른 꿈 꾸며 천둥을 기다리고 있다 새롭게 탄생되는 날을 위해서 천둥으로 일어서려는 영혼들을 위해서 나는 손톱을 깎아야겠다 발톱도 깎고 머리카락도 잘라 천둥 기다리는 소망으로 그들을 호흡해 가며 태고의 꿈을 상상해 본다

양어깨 능히 질 수 있는 짐 지고 터벅터벅 묵묵히 간다 강 건너 산 넘어 구름 속 숨어버린 나의 작은 빛 찾아 터벅터벅 간다 더럽혀진 타성에 퇴화된 눈을 가진 고목 사이로 헤치며 간다 무당벌레 독거미 비단뱀 지나 호랑나비 꿀벌 비둘기 보며 마냥 파랑새 찾아간다

너도나도 세상의 한 조각 그러나 찌그러진 모습으로 투영投影
해야만 하는 원죄가 있어도 우주는 관대하게 받아주며 기다리
고 있다 발목에 채워진 원죄의 사슬 이끌며 간다 철그럭철그
럭 맞부딪는 금속성의 속삭임 들어가며 안주할 수 있는 우주
로 그렇게 가야 한다

끈끈한 추억들 속에서 망각 꺼내 가슴에 달고 심판받을 때는
오리발 내밀게 모든 망각 있는 대로 꺼내 가슴에 달자 가도 가
도 보이지 않는 끝을 위해서 발목에 흐르는 타액은 감수하자
그래도 보이지 않는 끝은 원죄의 윤회를 업으로 물려받은 자
랑스러운 인간들의 유산이 아니겠는가

멀리서 둔탁한 북소리가 내 귀에 희미하게 들린다 오늘도 찢
어져 조각으로 망각돼야 하는 소중한 찌그러짐이 탄생하고 있
다 끝으로 가기 위해서 나는 무엇을 해야 하나 언제쯤일까 끝
으로 갈 수 있는 블랙홀이 나에게 주어질 때가

내 안의 바람

훈풍에 감미로운 몸뚱어리
신록 오를 빈 가지는 한들거리는데
내 안의 바람은 여전히 춥다

벽돌 한 장의 의미도 소용없는
잃은 의식의 무감각이
운동 관성으로 흘러가는 시간

방황 좌절 고뇌의 안식
정신분열증의 평화
베를리오즈 생각하는 연민

표피적인 세계는 내면세계로 던져지고
다시 표피적인 세계로 던져지는 것은
나의 의지와는 아무런 상관이 없다

성숙하고 아파하며 나의 삶 파먹다가
의식에서 무의식으로 영원히 존재하는
태초로 돌아가겠지

사고思考하는 인간의 불행한 시간
주어진 본능만으로
존재하고 싶다

답답한 세월도 언젠가 멈추겠지
영원한 안식의 평화를 위해
또 가야만 한다

나의 안식과 평화가 방해받지 않는
비밀 이야기 풀잎으로 솟아
푸른 훈풍으로 푸르게 대지를 덮자

오늘은 바람도 감미로웠다 하늘 치솟은 빈 가지는 허허로움으로 쓸쓸히 제자리를 지키고 있다 긴 겨울 움츠림에서 오랜만의 훈풍으로 보내는 하루가 사지를 활짝 늘어뜨리며 바라보는 빈 가지의 허허로움은 이내 봄눈 돋아 무성한 신록으로 속삭이는 것 같은 모양으로 보이는 것은 오랜만에 자연의 따뜻함을 느꼈기 때문일 게다

내면內面에서 부는 바람은 여전히 춥기만 하다 투명하게 얼어붙은 나의 가슴이 따뜻한 훈풍으로 녹아내릴 그날이 언제쯤일까 표피로 느껴보는 자연의 섭리를 내면內面으로 느껴볼 수 없는 나의 허허로움이 빈 가지와 다를 바 없다 차가운 표피들과 충돌하는 아픔으로 역겨운 내면內面의 분노를 숨겨야 살 수 있는 나의 역겨운 작태를 부수고 싶다

내가 모두 다 무너져 내린 그 시점이 언제쯤일까 벽돌 한 장의 의미마저도 소용없는 무감각의 멍청함 속에서 나는 의식 잃은 채 의식을 따라가고 있다 베를리오즈가 정신병 환자가 될 수밖에 없었던 것을 조금은 알 수 있을 것 같다 방황과 좌절과 고뇌 속에서 신음해야 했던 그에게 연민의 정을 느껴본다

표피表皮적인 세계로부터 내면內面세계로 던져짐을 어떻게 결론 내려야 할지 언젠가는 또다시 내면內面세계로부터 표피表

皮적인 세계로 던져짐을 당하게 되겠지 나의 의지와는 아무런 상관없이 피할 수 없는 원죄 같은 던져짐으로 성숙하고 아파하며 나의 삶을 파먹다가 태초로 돌아가겠지 의식에서 무의식으로 영원히 존재할 수 있는 곳으로 또 다른 형태로 던져져 나의 의지와 상관없이 돌아가겠지

내가 사고思考하고 있다는 것이 서글프기만 하다 사고思考함으로 해서 인간은 얼마나 불행한 시간을 간직하고 있는지 사고思考를 팽개치고 주어진 본능만으로 존재하고 싶다 답답한 세월의 흐름도 언젠가 멈추어지겠지

영원한 안식으로 찾아올 평화를 위해 또 가야 한다 훈풍이 있는 대지에서 붉은 점토 요를 삼고 푸른 풀잎 이불 삼아 나의 안식과 평화 방해받지 않는 그런 곳으로 가야 한다 여정의 노독 풀어가며 비로소 힘들었던 나의 비밀 이야기 여기저기 대지 위에 풀잎으로 솟아 보내자 푸르른 훈풍으로 푸르게 여기저기 솟아 대지를 덮자

멜랑콜리스트의 센티멘털리즘

목마른 영혼 흘러 다니는 세파의 기류
꼬잘하게 찌든 멜랑콜리스트의 오기로
아웃사이더의 에고이즘을 음미한다

나의 영혼 정화된 눈물로 흠뻑 적시고
센티한 혼동의 아비규환
한 잔 술에 취해도 쓸쓸한 형벌

나의 영혼 묶어놓은 서글픈 시간대
덜컹대며 직진하는 전철 속 진동음
죄수 목 자르는 길로틴 소리 같다

죄의 굴레에서 벗어나지 못한
모두가 잡귀
잡귀가 잡귀를 심판하는 어처구니

눈물로 정화된 몸뚱어리 다비하여
어둠 밝히고 싶어 하는
나는 방관자

부서진 영혼의 퇴화된 사고思考
인사동 카페의 노래
물~ 좀~ 주소~

가난함의 낭만과 쾌감으로
봄날 훈풍처럼 읊조리는
인생의 목소리

발가락 사이로 새나가는 긴 한숨
울음 있는 이 밤에 너도 쉬거라
너도 쉬거라 웃음이 있는 이 밤에

영혼이 목마른 기류 속에서 흘러 다니는 세파世波 헤집어가며 아웃사이더의 에고이즘을 음미해 본다 꼬잘꼬잘 하게 찌들대로 찌든 멜랑콜리스트의 옹골진 오기가 발동하기 시작한다 오늘의 울음으로 해마다 정화된 눈물로 나의 영혼 흠뻑 적셔가며 이 거리 저 골목 들쭉날쭉해가며 길을 희롱한다 오늘의 울음으로 아파오는 사디스트의 상처는 괜스레 센티해지는 것인지 안타까움인지 알 수 없는 혼동 가운데 아비규환의 흩어진 머릿결 같은 눈물이 흐르고 있다

한 잔 술에 흠뻑 취해보고 싶어 전화한다 쓸쓸한 바람이 허전하다 허전한 공간 꿰뚫으며 내 영혼에 내리 꽂히는 눈물은 이내 참을 수 없는 형벌의 고통으로 짓눌려오기 시작한다 습한 바람이 폐부 깊숙이 들어오고 아픔 잉태한 주름진 얼굴에 미립微粒의 눈물방울이 촘촘하게 달라붙는다 서글픈 시점의 시간대는 나의 영혼 묶어놓고 풀어줄 생각조차 하지 않는다

덜컹덜컹 직진하는 전철 속 지그시 감은 두 눈에 온갖 잡귀들이 나를 물어뜯고 있다 참을 수 없는 귓가에 덜컹대는 전철의 진동음이 동아줄에 묶여 심판받는 죄수의 목을 향해 떨어지는 길로틴 칼날 내리치는 소리로 맴돌고 있다 인간이 인간을 심판할 수가 있는가 모두가 잡귀인데 모두가 죄의 굴레에서 벗어나지 못한 잡귀들인데 무슨 권리로 심판할 수 있겠는가

답답한 가슴으로부터 시작되는 아픔을 위해 생명 부여하는 거대한 축제라도 벌리고 싶은 어둠 속 눈물로 정화된 육신 태워 밝히고 싶다 사고思考함으로 해서 스스로 노예 되기를 바라며 무감각하게 지나치는 방관자들로부터 보호하고 싶다 하지만 나 역시 방관자가 되어있는 현실에서 무엇을 보호한단 말인가 아픔으로부터 직시하는 눈빛마저도 게슴츠레한데 무엇을 추구할 수 있는 에너지가 있을 수 있을까

갈수록 비하되고 비바람 눈보라에 퇴화돼 가는 조각난 영혼으로 인사동 카페의 가사를 떠올려본다 물~ 좀~ 주소… 가난함 속에는 나름대로의 낭만이 있고 쾌감이 있고 인생 읊조리는 목소리도 있다 가난함 속에는 메마르지 않은 훈풍이 있어 능히 쌓을 수 있는 시작도 거기에 있다 이미 노예 되어 마비된 괴물들과 사랑으로 대적할 수 있기에 눈물을 닦지 않는다

사디스트의 포도주가 있고 사디스트의 아웃사이더가 있고 칸트는 이미 존재했었다 꼬잘꼬잘하게 찌든 사디즘 감추고 싶어 언제나 안개 속에 그렇게 있다 목마른 영혼 감질나게 만드는 안개 마셔가며 아픔 속에 있는 위안과 평화가 칸트와 함께 술잔을 비운다 긴 한숨들이 발가락 사이로 빠져나가는 울음이 있는 이 밤에 너도 쉬고 너도 쉬거라 웃음이 있는 이 한밤에

풀리지 않는 수수께끼

울음 지난 공허의 적막
청명靑明으로 쇄락해지는 몸뚱어리
회색빛 휘장 속에서 허우적거린다

시시비비 포용하는 너그러움은
찢기고 짓밟혀도 참는 것은
육보시 같은 자비의 자존심

아픔으로 만든 사슬이 몸뚱어리 엮어
무거운 중생의 업 짊어진 윤회
다비하여 붉은 단풍잎을 모은다

애 삭이는 고통은 길어
균열 진 바위는 천둥 기다리며
아픔으로 신음의 어둠을 간다

장미는 피어나 붉은 삶 되고
맴도는 삶은 백골 깎으며
앓고 있는 속세 아픔 사랑

한 송이 알알이 응얼 맺힌 포도송이
주렁주렁 달린 성하의 포도나무
달달한 포도알은 뜨거운 아픔이다

하늘 우러러 부끄럽지 않기를
하늘의 위로가 따뜻하기를
희망이 목표를 이루게 하기를

영원히 살아있는 사랑을 위해
나의 종말이 오기 전에
사랑의 술잔에 포도주를 따른다

울음이 지난 뒤에 찾아드는 공허가 적막 속에 존재해 있다 허허로움 속에서 느껴지는 비췻빛 청명青明으로 쇄락해지는 육신 이끌며 오늘도 덤덤하게 빛깔 없는 생활로 회색빛 휘장 속에서 허우적거리다 모퉁이 돌아서 모퉁이 향해가는 소리 없는 발자국을 옮겨놓는다 시시비비 포용할 수 있는 너그러움 베풀 수 있는 용기가 있다면 자존심의 의미는 무엇일까 속된 인간들의 악다구니 속에서 얼마나 더 찢겨야 하고 얼마나 더 짓밟혀야 하는가 그냥 어느 시인의 시詩구절을 되뇌어야만 할까 파도야 어쩌란 말이냐고 읊조려야만 할까

무언가 아직도 풀리지 않는 수수께끼를 언제쯤이나 풀 수 있을 것인지 수많은 세월의 걸음걸이마저 이미 의미가 퇴색된 것 같은 나의 고정관념이 잘못된 것일 게다 아픔으로 사슬을 엮고 그 사슬은 다시 나의 육신 엮어 중생의 업으로 던져지고 있다 순간의 미약함이 영원한 업으로 윤회하며 애 삭이는 고통을 간직해야 한다

안타까움으로 지속돼가는 작은 불꽃의 의미를 망각한 채 그냥 거대하게 솟아오르고만 싶은 꺼지지 않는 욕망으로 삶의 의미를 다시 음미해보고 싶은 절박한 상념으로 단풍잎 모으고 있다 산을 태우고 하늘도 물들어버리면 이내 빛을 잃어가다 끝내 어스름한 어둠으로 향하고 하늘도 어두워 불 밝혀 놓으면

텁텁한 입가심으로 동동주와 벗하며 시詩 읊조리는 청아한 음률 온 누리에 흩뿌려가며 또다시 산 태우고 하늘 태울 단풍잎 기다린다 균열 진 바위마저 진땀 흘리며 천둥 기다리고 있다 어둠 속 고요로 평화가 찾아오고 또다시 아픔으로 신음의 어둠 가야 한다

안타까움으로 삶의 테두리 맴돌아가며 백골 깎는다 납골당 금속음 잠들고 장미꽃은 여전히 붉게 피어나고 있다 사랑을 앓고 아픔을 앓고 속세를 앓아가며 한골 한골 응얼들이 주절주절 맺혀가는 포도나무 그것들이 미워 눈 흘겨보다 꼬불꼬불 꼬부라져도 사랑으로 제 육신 한가득 맺힌 응얼 눈부시게 쏟아지는 성하의 햇볕 아래 드러내 놓는다 한 가닥 희망으로 하늘 우러러 부끄럽지 않게 맺힌 응얼들 따뜻한 하늘의 위로 기대하는 바람으로 탄원하고 사라져 간다 되풀이 되풀이 새롭게 태어나고 져 비바람 몰아치는 폭풍우 속에서 천둥으로 태어나고 져 길길이 꼬불꼬불 뻗어나간다

세상의 종말이 닥치고 이내 무아無我의 세계로 들어가도 세상은 시끄럽기만 하다 영원히 죽지 않는 사랑을 위해서 내 세상의 종말이 도래하기 전에 내 사랑의 술잔에 포도주를 따르자 적막하고 허허로운 이 순간을 위해서 한 편의 시를 기억하면서

뜨거운 숨결

괴물 사이로 달린다
뒤로 달리는 아스팔트 벗어나
동그마니 농로農路에 갇힌 대지의 정점

벼 포기 잘린 밑동 가슴에 품고
뿌리에 닿은 혈관에
나의 수액을 넣는다

뜨거운 숨결 느껴지고
흘린 땀방울 보이는데
밑동은 찬바람과 이야기한다

아스라한 지평선 위 손바닥 같은 산들
지평선에 늘어선 장난감 같은 인간의 안식처
머리 숙였던 애환이 진창의 이야기를 한다

북청색 어둠이 내려온다
하루를 앓던 영혼들이 한숨 토하는
공간 향해 쉬지 않고 다가온다

아슬한 공항의 인도引導 등은 도열하여
두 눈 껌뻑이는 괴물의 활주로를 밝히고
괴물은 숨 가쁜 비행 음 토하며 오르고 내린다

하나둘 별이 눈뜨고
눈먼 공간으로 괴물은 날아오르고
밤의 한기는 빠득빠득 파고든다

질박한 훈훈함이 그리워지는 밤
질그릇 화로의 잉걸불이 그립다
아픈 영혼 태운 하얀 재가 그립다

괴물 사이를 비집고 달린다 숨 몰아쉬며 동그마니 갇혀버린 농로農路 땀방울 흐른 대지 가운데 드러눕는다 지난가을 잘려 나간 벼 포기 밑동 품어본다 잘린 단면 위에 뿌리로 통하는 혈관 속으로 나의 수액을 수혈한다 열풍 같은 계절에 하늘로 치솟아 오르는 뜨거운 숨결이 만져지고 뜨거운 땀방울이 눈에 보인다 여기저기 흥망성쇠의 일주기가 끝나 의미 없이 뿌리박힌 벼 밑동 얼어붙은 뻘 가운데서 찬바람 벗으며 지난날 애환 이야기하고 있다 사방으로 뻗어있는 논둑길 달리고 싶어 얼어붙은 뻘 속에서 이야기하고 있다

지평선 위 아스라이 떠 있는 손바닥 같은 산山들이 나름대로 정기精氣 뿜어내고 장난감 같은 인간들의 안식처가 사방 지평선 따라 늘어서 있다 진창으로 던져져 뿌리내리고 머리 숙였던 애환들이 진창 밑에서 이야기한다 땅이 풀리고 아지랑이 오르면 얼어붙었던 이야기들 세상 밖으로 뛰쳐나올 게다 겨우내 잠자며 꿈속에서 했던 그들의 이야기를 겨울잠에서 깨어나 여기저기서 이야기할 게다 개굴개굴 이야기할 게다

북청색 어둠이 내려온다 뿌옇던 하늘 뚫고 어스름 어스름 다가온다 아픔으로 하루를 앓던 영혼들이 한숨 토해내는 공간 향해 쉬지 않고 다가온다 저 멀리 아슬한 공항의 등이 시뻘겋게 줄지어 서 있고 날개 편 괴물이 두 눈 껌뻑거리며 어둠을

치솟아 오르고 어둠에서 하강하며 도열해 있는 인도引導 등 사이로 가쁜 숨 토하며 내려와 앉는다 여기저기 대지의 별들이 하나둘 눈을 뜬다 가로등 아래 괴물들이 달린다 일직선 국도 위에 바람과 뒤엉켜 끊이지 않고 달리고 있다 모두 다 뿌려진 별빛 아래서 수많은 괴물들의 대화가 눈먼 공간 헤집고 날아오른다

한기가 빠득빠득 파고드는 밤이 주어지고 동토로 변한 대지 위에는 딱딱한 삶이 얼어붙은 채 꼼짝도 않고 있다 훈훈하게 느낄 수 있는 질박함이 그리워지는 이 밤에 질그릇 화로에 담긴 잉걸불 애절하게 만나고 싶다 단풍잎 같은 두 손 훈훈하게 감싸 줄 질그릇 화로의 잉걸불이 그립다 아픔으로 일그러진 영혼 태우고 난 뒤에 얼룩진 모든 것들 태워버리고 하얀 재로 남아 하얗게 이야기할 수 있는 그것들이 그리워진다 그래 오늘 밤에는 질그릇 화로에다 담자 검은 참숯불 지펴 뻘겋게 담아놓자 질그릇 화로 속에 굵은 밤톨 파묻고 종자로 남겨둔 씨 고구마도 파묻어놓자

노예 되는 연습

세월의 뒤안길
한恨 품은 여인의 가슴처럼
희로애락喜怒哀樂에 갇힌 신음

번뇌에 시달리는 아픔
서릿발에 얼어붙는 가슴
욕망의 노예로 안주한 밤

천정 낮아 보이는 적막한 방
삶의 욕망은 노예 되는 연습
덧없는 세월은 허허로움

목숨으로 치부하는 삶의 부산물
자연의 섭리 거부하는
차가운 밤거리 굴러다니는 목숨

삶의 대변자는 강변強辯을 토하고
의미 찾는 삶은 허공을 달리지만
작은 정情 풋풋한 질박함이라면 만족한다

우주의 시작과 끝을 발견하지 못한 인간
우월감으로 자만하는 죽음의 소모품들
기만의 삶이 알량한 서글픈 무리들

이리 뒤척 저리 뒤척
베갯머리 고치며
불편한 마음 뉘인다

붉은 응얼 토한 가슴 어루만지며
한恨 품은 여인과 날 밝히고 싶은 밤에
모두 버리고 편안히 눈 감는다

한恨 품은 여인네 가슴처럼 쌀쌀한 바람이 일렁거린다 세월의 뒤안길에서 잠시 쉬는 영혼들의 아비규환이 오늘도 하나의 점을 찍어놓고 정신없이 흐르기만 하는 궤적 위에서 아픔을 지고 번뇌에 시달려가며 희로애락喜怒哀樂에 갇혀 신음을 토한다 영하의 바람맞이에 대지는 서릿발을 품속에 안고 서러운 여인네의 가슴에도 서릿발 내려앉은 왼 종일 내 가슴도 차츰차츰 얼어붙는다

삶의 욕망과 싸우다 지쳐 욕망의 노예로 안주하고 있는 이 밤에 유달리 오늘따라 천정이 낮아 보인다 끔찍스럽게도 고요한 적막이 방문 사이로 들어오고 잠든 숨결들 아침맞이 향하는 행진곡의 울음소리가 귀청을 때리고 있다 이 밤에 나는 아랫목에 앉아 방황한다 썰렁한 마음에 삶의 욕망으로 노예 되는 연습을 하고 있다 덧없는 세월 속 인생이라는 타이틀이 속된 허허로움이라는 것을 알면서도 이 밤에 나는 방황한다

미련 버리지 못하는 삶의 부산물들 저들은 그렇게도 목숨같이 생각하며 일생의 고달픔 받아들여 삭이는 세상을 가고 있다 목숨마저 의미 없는 자연의 일부로 존재할 뿐인데 미련한 인간들은 최고의 의미로 간직하고 있다 이 밤에 차가운 바람과 대지와 가슴의 삼위일체가 한 몸 되어 차가운 밤거리 굴러다닌다 뭇 생활들이 무감각한 시간을 보내는데 길들어져 있는

사람들의 발자국이 이 밤에도 어딘가에서는 바쁘게 움직일 게다

답답한 하루 일과日課 마저 끝맺지 못하고 여전히 끝나지 않은 삶의 대변자로 강변强辯 토하는 저마다의 삶에서 의미를 찾고자 허공을 달리고 있지만 모든 것이 허공인데 무엇을 찾을 수 있겠는가 괴물들의 틈바구니에서 작은 정情 일지라도 풋풋한 질박함이라면 만족해야 한다 그것 역시도 허공임을 부인하지 말라

인간들은 아직도 우주의 끝을 발견하지 못했다 우주의 시작도 발견하지 못했다 인간도 결국에 가서는 인간 자체가 허허로움이라는 것을 인정하게 될 터인데 보잘것없는 우월감으로 자만하고 있다 죽음으로 이르기까지의 소모품 구하기 위해 속고 속이며 삶의 알량함을 드러낸다

답답한 가운데 아픈 베갯머리 고쳐 누우며 이리 뒤척 저리 뒤척 불편한 마음 고쳐 눕지만 여전히 파고드는 허전한 바람이 허공임을 알면서도 붉은 응얼 토해내는 내 호흡으로 가슴을 어루만진다 어느 길모퉁이 주점에 걸터앉아 한恨 품은 여인네와 한잔 술 걸치며 맺힌 한恨 토하면서 하얗게 밝히고 싶은 이 밤에 모든 것 다 버리고 불편한 이 밤을 편안히 눈 감아버리자

허공에서 살자

쓸쓸한 세월에
아픈 마음도 쓸쓸하여
해답 없는 허공을 헤맨다

묘하게 얽어맨 삶의 사슬
절망과 회의로 허허 웃으며
속수무책으로 멍청한 바보

발 묶인 인생의 방관자로
무엇을 정립해야 할지
도대체 알 수가 없다

헛점 보이는 것 같은
자연은 빈틈이 없는데
나도 그렇게 하나의 의미가 되고 싶다

괴물의 허물 벗어던지고
빼앗긴 영혼 안주할 그날을 향해
그냥 무너져 내리자

세상일은 그만 생각하고
거침없는 허공으로 돌아가
신神들과 어울리자

아름다운 이야기 하며
질박한 음식 먹고
감로수로 몸뚱어리 닦자

다툼의 윤회중생 내려다보며
세상살이 생각 말고
허공에서 살자

쓸쓸한 세월이 존재하는 가운데 아픈 마음은 여전히 남아있다 알 수 없는 시간의 흐름을 쫓아서 무감각한 흐름을 의식 없이 받아들이고만 있는 순간순간들 무언가 새로이 정립해야 할 시기임을 알고 있지만 무엇을 어떻게 정립해야 할지 도대체 알 수가 없다 몸부림치고 발버둥 쳐도 해답을 얻을 수 없는 안타까움에 부서지는 영혼의 신음으로 허공을 헤매고 있다

정신없이 쫓기기만 하는 삶의 사슬들이 묘하게 얽어놓은 테두리 속에서 절망과 회의를 느낄 수밖에 없는 그러다가 허허하고 웃어버릴 수밖에 없는 바보 같은 생활의 단편 만들어 내는 것들을 멍청하게 속수무책으로 바라볼 수밖에 없는 인생의 방관자로 장승처럼 발이 묶인 채 서 있을 수밖에 없는 현실 아래서 무엇을 인식해야 하고 무엇을 정립해야 할까

푸른 계곡 흐르는 맑은 물소리 풀 바위 소나무… 온갖 정기精氣 잉태한 웅장한 계곡의 구성 요소들은 하나하나 저마다 간직하고 있는 의미로 조화를 연출하고 있는 자연은 어딘가 헛점이 보이는듯하면서도 빈틈이 없다

멍청하니 있다가 영혼마저 뺏기고 어느 순간 느닷없이 박살나고 다시 미치광이 광대로 존재하는 흉한 괴물로 서성이고 있다 괴물의 허물 벗어 던질 날 향해서 부서져 내리는 괴물의

서성거림을 바라보며 몽땅 헐어버린 공터에 빼앗긴 영혼 들어
와 안주할 그날을 향해서 간다

어서어서 모두 부수자 수많은 흔적들 부수고 허물어 내리자
수많은 파편 조각들마저 분말로 갈아 강에 띄우고 바람에 날
리며 불에 태워 없애버리자 강해지기 위해 부숴버리고 무너져
내리자 흙으로 돌아가기 위해서 준비를 하자 증기기관차 마련
해 놓고 물도 준비하고 석탄도 준비해 놓아야겠지

세상 일일랑 이제 그만 생각하자 허공으로 돌아가자 거침없는
허공으로 돌아가서 신神들과 어울려 존재하자 아름다움을 이
야기하며 아름다움을 만들고 질박한 음식 먹어가면서 감로수
에 몸을 닦고 주름살 지지 않는 허공에서 그렇게 존재하자 윤
회 중생들의 다툼을 내려다보면서 허공에서 살자 아플수록 어
쩌지 못하는 세상살이 이제 그만 생각하자

나를 찾고 내 의식을 찾고 영혼 찾아 떠나야 한다 속세에 저당
잡힌 내 육신으로 불 밝히고 박살난 모든 것들 훌훌 떨쳐버리
고 정리하자 하루를 보낸 이 순간을 떨쳐버리자 아픔으로 멍
든 가슴 그대로 허공 향하는 방랑자 되어 증기기관차 움직여
가자 물도 있고 석탄도 있으니 가기만 하자

허공의 울림

갉아먹은 세월의 뒤안길은 허허벌판
갉아먹을 세월의 어둠
불안과 초조가 반복되는 삶

미완의 멍에 걸머지고
영혼 없는 아비규환의 거리 질주하며
이해타산 따지는 차가운 바람맞이

세상에 투영投影된 허상의 쓰나미는
영겁의 번뇌로 태어나는 태풍
허허롭게 호흡하는 허상의 존재

겨울 지나온 나그네
어릿광대 헤집고 주검의 그림자와
소달구지 타고 워낭 울리며 우주로 가야 한다

마지막 종자 우주에 심어
내 영혼의 꽃 아름답게 피울
화원에 도착해야 한다

허공의 울림이 울어
내 영혼에 닿을 때
참았던 울음 울어야겠다

순간이 영겁으로 들어가고
영겁은 순간으로 내게 와서
허공으로 존재하라 한다

이데올로기의 중구난방으로
밤하늘 별들은 저리 고운데
미련한 것들이 우주를 오염시키고 있다

갉아먹은 세월이 얼마나 되었던가 치열하게 살아온 뒤안길에
는 허허벌판만 존재하고 있는데 갉아먹을 세월의 앞전 그 벌
판에 무엇을 세워야 할까 감각을 잃고 스치는 세월 속에서 주
어진 운명 따라가며 불확실성의 미래에 대한 불안함과 초조함
으로 번복돼 가는 삶의 테두리 감당키 어려운 멍에 걸머지고
아비규환의 거리 질주한다 이해타산 따지는 차가운 바람맞이
를 멈추지 말아야 하는 현실의 안타까움으로 생명 잃고 빛 잃
은 내 안의 세태 속에서 존재해야 하는 내 모습은 어둠으로 인
해 보이지 않는다

허상으로 세상에 투영投影되고 허상으로 존재하여 바람과 더
불어 허허롭게 호흡하며 수많은 영겁의 번뇌 허상으로 끌어들
이고 태풍으로 탄생되려 한다 움찔움찔 들썩이는 어깻죽지 너
머에는 수많은 괴물들의 포효가 먹이 사냥을 멈추지 않고 있
는 세월 속에서 쫓겨만 간다 시퍼런 칼날이 대지 위로 내리꽂
히고 노여운 음성이 갈대밭에 떨어진다 태풍은 그렇게 지나가
며 폐허 만들고 마지막 남은 작은 공간도 출렁이게 하는 내 영
혼의 영역 안에서 삶의 테두리 빼앗아 가고 있다

나그네 되어 지나온 겨울에서 벗어나 어릿광대 헤집고 주검의
검은 그림자와 소달구지 타고 뎅그렁뎅그렁 워낭소리와 함께
또다시 우주로 가야 한다 마지막일지도 모를 종자 우주에 심

어 내 영혼의 꽃으로 내 삶의 마지막까지 아름답게 가꿀 수 있는 화원에 도착해야만 한다 허공에 존재하는 울림들이 내 영혼에 닿을 때 나는 비로소 울음을 울어야겠다 푸른 창공 향해 거침없이 내달을 쇠북을 위해 나는 울음을 참아야겠다 아픔으로 무너져 자취 없는 희미한 기억마저도 참아야겠다

갉아먹을 세월 위해서 순간이 영겁으로 들어가고 영겁은 순간으로 내게 다가와 허공으로 존재하는 삶을 강요하고 있다 중생의 탐진치가 사슬 되어 멍에로 얹혀지고 원죄는 또 하나의 죄를 잉태하는 순간 속에서 방황한다 모든 이데올로기의 중구난방으로 지금도 진실은 가까이 있건만 미련한 것들이 깨닫지 못하고 있다 밤하늘 별들은 저리도 고운데 미련한 것들이 우주를 오염시키고 있다 내 영혼의 세월 갉아먹고 내 생명도 갉아먹고 우주도 갉아먹자

비틀거리는 하루

비틀거리는 하루 속
회색의 도시 불타는데
표류하는 인생살이

내 영혼의 술 취한 나침반은
꽃잎 되어 펄펄펄
흐르는 물에 낙화한다

아가리 벌린 구두 밑창
신神의 문을 두드린다
친구여 게 있는가

하얀 그림자 만들어 준
허공에 존재하는 친구가
신神의 모습으로 손짓해 부른다

밀랍 같은 공간으로
퇴색한 지팡이 들이밀며
너울 물결에 묻혀간다

열사의 사막 지평선 따라
빙하의 대륙에 얼어붙은 내 영혼
대륙의 정점에서 싸워야 한다

나는 무엇이고
우주는 무엇이고
허공의 참은 어디에 있는가

씁스러움으로 술잔을 대하는 것은
너무도 부끄러운 일이다
소박한 이웃과 막걸릿잔 비우고 싶다

비틀거리는 하루 속에서 불살라지는 회색의 도시 굽어보며 표류해가는 인생살이 반복해야만 하는 단조로움으로 하늘이 타들어 가고 진한 아픔으로 토막 내야 하는 마디ㅓ 간직해야만 한다 내 영혼의 술 취한 나침반은 그냥 꽃잎 되어 흐르는 물 위에 펄펄펄 떨어져 내리고 있다 가야 할 길 알면서도 멈추어선 내 영혼의 우선멈춤 앞에서 망설이는 동안 모든 것을 빼앗기고 있다 슬픈 눈동자 아래 샘물이 솟고 구두 밑창은 이미 아가리가 벌어져 있다

군더더기 같은 번뇌 안고 신神의 문을 두드려 본다 친구여 게 있는가 언제나 보이지 않는 모습을 바라본다 휑하니 빈 허공으로 존재하는 나의 친구가 신神의 모습으로 하얀 그림자를 내게 만들어 주고 들어오라고 손짓해 부른다 허공 안으로 잠적해 가는 나의 뒷모습은 그렇게 없어져 가며 내 안의 바람 소리뿐 허허로운 영혼 안에서 정화시키고 소중한 그림자 가슴에 품고 토해낸 응얼 먹어가며 아가리 벌어진 구두 발자국은 회색의 도시로 향하고 있다 밀납 같은 공간으로 퇴색한 지팡이 들이밀며 너울 물결 좇아 파묻혀간다 산 넘고 강 건너 열사의 사막 도착해서 지평선 따라서 빙하의 대륙에 얼어붙은 내 영혼과 어우러져 비로소 통쾌한 울음 터트린다

대륙의 정점에서 싸워야 한다 정점의 이쪽과 저쪽은 시작과

끝의 차이를 영원히 존속시켜 놓고 끊임없는 서기瑞氣 하늘로 뿜어내고 있다 나는 무엇이고 우주는 무엇이란 말이냐 허공의 참眞은 어디에 있으며 허공은 또 정점을 만들고 있는지 각질로 변해버린 삶에서부터 너무도 쉽게 벗겨져 날아가 버리는 씁스러움으로 술잔 대하는 것은 너무도 부끄러운 일이다 각질을 통하고 표피를 통하여 혈관으로 들어가 쿵쿵 울려대는 곳으로 가는 질박함이 너무도 그립구나

내 삶의 영역 안에서 물젖은 손 툭툭 털어가며 붉은 고추장에 풋고추 안주 삼아 순백의 막걸릿잔 비우는 소박한 이웃들과 볼에 볼 맞대가며 살고 싶다 비틀거리는 하루 속에서 회색의 도시에서 빈 허공에서 밀랍 같은 공간에서 대륙의 정점과 빙하의 대륙에서 모래바람 불어오는 사막에서 내 영혼의 허공 안에서 고추장 듬뿍 찍은 풋고추 써억 베어 먹으며 순백의 막걸릿잔 비우고 싶다 비틀거리는 하루 속에서

** 2부

푸른 영혼의 군무

내 삶의 푸른 영혼
소망의 돌멩이 주워 서낭당에 던진다
돌 더미에서 아낙의 소망이 들린다

정화수에 비친 아낙의 얼굴
착한 동양의 여인네
낭군 자식 가문이 소망이다

한숨으로 삭여 가는 아픈 삶
한恨 맺힌 일평생
몽땅 정화수에 맺혀있다

개나리 진달래
산들山野에 솟는 봄나물
물 올리고 있다는구나

꽃 피어날 들녘으로 부단히 가자
보릿짚 거두고 못자리 옮길 때
화려하게 피어날 금수강산

내 영혼이 미쳐버릴 금수강산
냇가의 아낙들 빨랫방망이 소리
송아지 울고 병아리 삐약 거리는 봄

대지에 피어오른 아리랑
미친 나 끌어안고 입 맞출 텐데
어찌할거나

노래하며 흐르는 냇물 가 풀피리 소리
푸른 영혼은 군무群舞 추며
내 허공을 지나가고 있구나

푸르게 물들어가는 내 삶의 시간이 다시 쌓이고 널따랗게 자리 잡고 하늘로 치솟아 있는 고목 아래서 돌멩이 하나 주워 서낭당에 던진다 뭇 영혼들의 소망만큼 쌓인 돌 더미들 속에서 내 삶의 소망을 헤아려 찾아본다 하늘의 잔별이 내려와 쌓이고 정갈히 목욕재계한 아낙네들의 소망이 말없이 바위처럼 솟아 있는 돌 더미 속에서 들리는 것 같다 예쁜 아낙네의 젖무덤 같기도 하고 깜찍스러운 계집애의 젖꼭지 같기도 하다

거룩한 생명이 숨어 있겠지 양쪽에 백옥빛 대초 세워 불 밝히고 정갈하게 받쳐진 소반 위 정화수에는 수심 어린 오백 년 아낙의 얼굴이 비친다 심성 착한 아낙들이 애틋하게 비는 소망은 낭군이란다 자식이란다 가문이란다 아픈 삶 한숨으로 삭여가는 한 맺힌 일평생 정화수에 몽땅 담겨있단다 오백 년 꽁꽁 맺힌 한恨일지라도 내일은 우수雨水라고 이르려무나 흐르는 물이 얼음장 뚫고 얼굴을 내민다 흐르는 구름도 쉬었다 갈 수 있게 얼음장 걷어내며 흐르고 있다고 전하려무나

버들가지 끝에서 개나리 진달래며 산과 들 솟아나는 봄나물들이 물 올리고 있다는구나 봄 데리고 오는 우수雨水 바람이 엄마 품 같은 정감 어린 모습으로 너를 보고 나를 보며 웃고 있구나 손짓하고 있구나 가자 부단히 걸어서 온갖 꽃들이 피어날 들녘으로 부단히 가자꾸나 어느 날 들에 널린 장미들이 나

를 미치게 만들 들녘으로 걸어서 가자

보릿짚 거두고 못자리 옮길 때면 내 조국 금수강산 화려하게
피어난단다 어쩌나 미쳐버릴 내 영혼을 어쩌나 냇가에는 아
낙들의 빨랫방망이 소리가 흐드러지고 쉬지 않고 들리는 냇
물 소리에 내가 미쳐버릴거나 네가 미쳐버릴거나 밭 갈고 논
가는 엄마소 바라보며 엄마 엄마 송아지 울고 노란 병아리 뜨
락에서 삐약 거리는 봄이 온단다 어쩔 거나 어쩔 거나 내 님의
눈길 같은 아지랑이 대지 위에 피어올라 미쳐버린 나를 얼싸
안고 입 맞출 텐데 어찌할 거나

봄비 내리는 그날에 대지 속으로 촉촉이 젖어 들어 숨어 버릴
까 노래하며 구르는 냇물 따라 멀리멀리 졸졸졸 떠나버릴까
푸른 들 자리하고 풀피리 불까 봄비 촉촉이 내리는 저녁 터기
에 그냥 멍청하게 앉아 있을까 지금도 푸른 영혼은 군무群舞
추며 내 허공을 지나가고 있구나

서리꽃

얼음 풀리는 노랫소리 가득한데
서릿발 내리는 바람 골에
서리 바람 고여 드는 가슴

응혈마저 뽑아가며 부富를 좇는
저주스러운 괴물들의 행태
쫓아버리고 싶다

번들번들 활보하는 괴물들의 역겨운 세상
가슴에 서리꽃만 주렁주렁 피어오르는
나는 혼자다

푸른 날日 베인 상처에
위선의 탈 쓰고 굵은 소금 뿌리지 말라
하늘 무서운 줄 모르는 괴물들아

쇠창살 박힌 붉은 벽돌담
담장 밑 피어난 봉선화가 아름답다
붉은 해 보며 청순함 바람에 싣는구나

손잡고 가자
슬픈 하루 안주 삼아
영혼의 문 걸고 쉬었다 가자

육신의 진통에 얼어붙은 감각
의식意識 벗은 육신의 표류
종말의 세계로 가고 있다

어느새 허공에는 벌 나비 있고
허공에는 어느새 내 영혼이 보이고
가물가물 피어있는 내 영혼이 보이고

자연은 또 되풀이 돌아오는 계절의 얼음 풀리는 노랫소리 가득한데 여전히 춥기만 하다 서릿발 내리는 바람 골에 움츠러드는 내 가슴으로 서리 바람 몰려든다 부富를 만끽하며 부富를 좇는 세태에서 응혈마저 뽑으려는 배때기 기름 낀 작자들의 면상에다 가래침 뱉고 싶다 검은 괴물들이 번들번들 활보하고 있는 역겨운 세상이다 슬픈 마음 달래 보는 아린 가슴에 서리 꽃만 주렁주렁 피어오르고 있다

삶의 세태 속에서 안주하고 있는 답답한 세월 언제까지 이어질지 약한 자 딛고 사는 역겨운 세상에 너도 혼자고 나도 혼자다 푸른 날日에 베인 상처에 굵은 소금 뿌리지 마라 모든 자연이 노하기 전에 위선의 탈 벗어라 하늘 높은 줄 모르는 인간들아 정신 차리고 똑바로 보거라 똑바로 보거라 안타까운 너희들의 작태가 가소롭구나

넓은 마당 높이 드리워진 붉은 벽돌담 따라 삐죽삐죽 쇠창살 박혀 있는 담장 밑에 피어난 봉선화가 아름답구나 하늘 향해 붉은 꽃망울 부끄럼 없이 붉은 해 마주 보며 청순함 바람에 실어 보내는구나 북풍한설 항시 부는 메마른 세상에서 따사한 웃음 짓고 있구나

가자 손잡고 가자 영겁으로 들어서서 공간으로 가자 하얀 그

림자 만들어가며 슬픈 하루 안주 삼아 백포도주 향기 속에 얼큰히 취해보자 내 영혼 안에서 문 닫아걸고 피곤한 육신 쉬었다 가자 바깥세상 궁금하면 창 만들어 내다만 보자

아프다 격한 진통으로 육신의 감각마저 얼어붙어 꼼짝 않는다 모든 의식意識 벗어버리고 표류하고 있다 나는 또 하루를 소모하며 슬픈 종말의 세계로 다가가고 있다 부富의 작태도 떨쳐 잊어가며 가자 빈손으로 가면서 아픈 마음 달래 가며 풀피리 불어가며 서리꽃 밟고서 종말로 가자 내 할 일 기다리고 있는 종말로 가자 슬픔도 아픔도 고드름 만들어 처마 밑에 달아놓고 녹기 전에 가자 허공에는 어느새 벌 나비 있고 가물가물 피어있는 내 영혼이 보이는구나

세상 독소에 물들어

멀건 눈동자 굴리고 있다
우주의 별들 쏟아져 들어가는
태고의 고사목에 잉태되는 물소리

그루터기에서 곤두서며
용틀임하는 우주의 대합창이
멀건 눈동자 두들겨댄다

정적인 곳에서 출발하는 시작
시작이 끝인 것을 알지 못하고
노예 되어 몸부림칠 뿐이다

앞만 보고 달리며 찢기고 멍든
피투성이 육신 종점에 오면
그곳이 출발했던 최초의 땅이다

얼마나 많은 생명 존재하는지
얼마나 많은 우주가 존재하는지
아무도 모른다

세상 독소에 물들어
방심 방관 망각으로
표피적인 결과는 원수가 된다

세 치 혓바닥에 독을 품고
머리카락 곤두세워 물고 뜯으며
심판받으러 종점으로 간다

돌아보며 아쉬워 울 터인데
네가 어찌 그리하느냐
네가 어쩌려느냐

멀건 눈동자를 굴리고 있다 태고의 고사목으로 우주의 별이
쏟아져 들어가고 멀리서 흐르는 물소리 잉태되는 순간에 천지
가 노래 부른다 우주의 대합창이 깊게 파인 고사목 그루터기
로부터 곤두서기 시작하는 용틀임들이 멀건 눈동자 두들겨대
고 있다

의지 속에 참眞의 의미 뿜어 올리려는 작은 힘으로부터 무엇
엔가 도달하려는 서기瑞氣가 거대한 힘으로 달려가고 있다 시
작은 정적인 곳에서 출발하고 있다 끝을 보아야 후련한 인간
들의 본능이 내재된 세상의 바람이 불기 시작한다 끊임없이
끝으로 달리고 또 달려간다 결국에는 시작이 끝이라는 것을
찾아내는 인간들을 보라 시작은 끝이고 끝은 또 시작인 것을
인간들은 우매하게도 알지 못한다 그냥 노예 되어 몸부림칠
뿐 손톱 발톱 다 빠져나가도록 몸부림치고 난 뒤에 또 다른 시
작으로 고뇌하고 있다 앞만 보고 달리고 있다 온몸이 찢기고
멍들고 피투성이 되어 벌건 육신으로 종점에 돌아오면 그곳이
바로 출발했던 최초의 땅임을 아는 자가 얼마나 되는지 알 수
가 없다

우주는 어둡고 우주 안에 빛이 있고 우주 밖은 푸르스름하다
푸른 서기庶幾로 예측하지 못하는 두려움으로 우주의 품에서
노닐고 있다 많은 것과 적은 것의 끝이 없구나 얼마나 많은 생

명들이 존재하는지 얼마나 많은 우주들이 존재하는지 아무도 모른다 그저 멍청하게 가고만 있다

세상의 독소로 물들어 가며 차츰차츰 방심하고 방관하고 망각하며 작은 모래알로 가고 있다 장엄한 순간들마저 풀잎으로 나부낄 수밖에 없는 일종의 현상으로 와 닿아버리는 표피적인 결과론으로 서로서로 원수가 되어 이빨 갈고 손톱 갈고 세 치 혓바닥에 독을 품고 머리카락 곤두세워 물고 뜯으며 가고만 있다 그렇게 심판받으러 끝으로 가고 있다 아쉬워 돌아보고 돌아보며 끝내는 울어버릴 텐데 그래도 웃으며 가고만 있다 하늘도 땅도 묵묵히 침묵하고 있는데 하늘에 주먹질하고 대지 짓밟으며 가고 있다 멀건 눈동자 굴려 가면서 고사목 속으로 자취를 감춘다 생명의 그늘 아래 안식하지 못하는 원죄 청산하는 몸부림으로 오리발을 내민다 네가 어찌 그리하느냐 네가 어쩌려느냐

아직도 가야 할 길

바람 되어 허허虛虛로이 존재하고 싶다
쇠퇴해 가는 것들의 존재는
남긴 자취 없이 스쳐간다

빈 공간 채워가는 생명의 자존심
사방에서 불어온 돌개바람이 빼앗아
팔방으로 간다

통함을 위한 감춰진 진실
간사스러움 떨어야 할 통함의 길
얼마나 많은지 알 수가 없다

버려진 빈 공간에도 아픔이 있다
또 다른 시작의 종점으로 가야 한다
아직도 가야 할 길은 멀다

의지와 상관없이
진한 삶의 끈적이는 사명감은
새로운 의미를 부여하는 일이다

깎여나가는 백골 위로
굴러 내리는 자아 발견하며
나의 주체를 찾아야 한다

괴물로 존재하는 공간에서
많은 시간 흘러도 알 수 없어
내릴만한 결론도 없다

육신에 감은 운명의 사슬
밝아오는 내일을 향해
불 밝힌 등촉 어둠에 버리자

버리고 싶다 몽땅 버리고 싶다 빈 바람 되어 허허虛虛로이 존재하고 싶다 모두 스쳐 가고 있다 아무것도 남긴 자취 없이 모두가 스치고 있다 답답하다 짓눌려오는 분위기 속에서 허우적 댄다 산더미 같은 중압감 이기지 못하고 쇠퇴해 가는 모든 것들이 그렇게 존재하고 있다 그렇게 버리며 빈 공간 채워가는 들끓음 속에서 사물들의 자존심 빼앗아 가는 돌개바람이 오늘도 사방에서 불어와 팔방으로 가고 있다 단조로운 섭리의 서막이 펼쳐지고 또 하늘은 열리고 있는데 아직 꿈틀거리기까지는 모든 것이 멈추어 있다 피안의 개벽부터 들려오는 파이프 오르간의 화음이 조화를 이루고 있다

통하지 않는 통함이 얼마나 괴로운 일인가 통하지 않는 통함을 위해 얼마나 많은 고뇌를 겪고 있는지 알 수가 없다 그것을 위해 감추어지는 진실이 얼마나 많으며 그것을 위해서 얼마나 많은 간사스러움을 떨어야 하는지 알 수가 없다 고운 사람 미운 사람 모두가 어울려 야들야들한 페인팅 모션 취해야 하는 굳은 심장들이 조각되어 떨어져 내릴 때 비로소 심장이 붉다는 것을 알게 될 것이다

세월의 한바탕 마당놀이로 버려져 가는 빈 공간에는 여전히 많은 아픔의 진통이 느껴져 오고 있다 아직도 가야 할 길은 멀다 돌개바람 맞아가며 또 다른 시작의 종점으로 가야만 한다

의지와 상관없이 새로운 잉태를 부여하기 위한 사명감으로 새로운 의미를 부여해야만 한다 안타까운 삶들을 여기저기 주렁주렁 매달아 가면서 진한 삶의 끈적임을 통해서 사명감을 찾아야 한다

빛바랜 과거를 통해서 나의 주체를 찾아야 하겠다 끊임없이 파고만 드는 끈적거림으로 깎여져 나가는 백골의 표면 위로 굴러 내리는 자아를 발견하려는 처절한 싸움 속에서 바람의 모습을 발견한다 천재가 됐다가 바보가 되고 또 다른 천재로 둔갑을 하다 보면 이미 괴물로 존재하는 공간에서 지극히 낮은 공간에서 땅따먹기를 한다 많은 시간이 흘러도 알 수가 없다 내릴만한 결론도 없다

멍청하게 버리며 살다가 멍청하게 훌쩍 떠나버려야 한다 무디어진 칼자루만 잡고서 헤매야 한다 까만 죽음이 내달아 오고 까만 우주가 손짓하며 부르고 있다 그 끝을 향해서 복종할 수밖에 없는 운명의 사슬을 오늘도 이 육신에 한 바퀴 감아야 한다 재가 되어 바람에 버려지면서 아픈 머리 베개에 묻자 밝아오는 내일을 향해서 등촉을 버리자꾸나 불 밝힌 등촉을 어둠에 버리자꾸나

영혼다운 영혼 만들자

아픈 사연 짊어지고
하늘이 검게 달려와
요동치며 흘러가는 대지

온 누리에 광명 부여하는
회색 빛줄기에 어우러진
영혼의 속살이 들어온다

소비한 청춘을 찾아서
사랑을 손짓하며
어둠으로 숨는 붉은 심장

12시에서 11시 방향으로 향하며
주인에게 하는 충성 증명의 소리
멀리서 개 짖는 소리 들린다

영혼답게 만드는 작업
황폐된 빈 뜰에 설계하고
청사진 굽고 굴뚝 세운다

청솔가지 찾아오는 바람 쉬었다 가게
청산 만들고
티끌 없는 영혼도 만들자

마지막 환희의 눈물 위해
사랑이란 말 한마디
잊지 말자

아픔으로 질퍽이는 영혼 되어
투명한 파문에 장례 치르며
검은 하늘 샛별과 친구 되라고 적자

하늘이 검게 내달아온다 아픈 사연 짊어지고 검게 검게 대지에 흘려가며 요동한다 회색빛이 온 누리에 광명을 부여하고 있다 영혼의 속살 들어오는 회색 빛줄기와 어우러져 흐드러진다 뭇 영혼들의 속살거림이 마냥 사랑을 손짓하며 향락할 준비하는 붉은 심장은 이미 어둠으로 숨어버린다

백야白夜의 흐름이 멈추지 않고 세상은 질퍽이고 있다 몽땅 소비해 버린 청춘 찾아서 가야 한다 영혼을 영혼답게 찾아야 한다 많은 무게의 속박에서 해방되고픈 손으로 시계추와 씨름한다 거꾸로 돌리고 있다 문자판의 발가락들은 12시 방향에서 11시 방향으로 원을 그리며 10 9 8…로 향하고 있다 세상이 미쳐있고 하늘도 거꾸로 서 있다 뒤로 질주하는 괴물들의 모습은 모두가 눈을 빼앗긴 채 달리고 있다 흐르는 물도 바다에서 계곡으로 향하는 호흡을 가쁘게 뿜어대고 모두가 누워서 흘러 다니고 있다

찢기는 비명으로 또 잠들어야 한다 알 수 없는 빛의 근원 쫓으며 긴 행렬의 무리들이 꿈틀대고 있다 끝까지 남기 위한 아우성으로 쫓기고 있다 주인 위해 충성했음을 증명하는 개들의 짖어대는 소리가 멀리서 들린다 주인의 표피에 날아가 붙는다 주인의 지위고하를 막론하고 부자건 가난뱅이건 아랑곳하지 않고 주인 위해 짖기만 했다

영혼을 영혼답게 만들기 위한 작업을 해야겠다 황폐된 빈 뜰에 설계하고 청사진 굽고 굴뚝을 세워야겠다 아픔으로 밝혀지는 날들을 위해 영혼에게 입힐 옷도 마련해야겠다 하얀 이빨이 드러나고 뼈가 드러나고 뼛골이 드러난다 헤집고 가려가며 영혼을 들어내야겠다 껍데기는 갈기갈기 찢어버리고 영혼다운 영혼 만들자 얇은 세상의 꼭대기에 올라서서 우람하게 버티고 서있을 청산도 만들자 청솔가지 사이로 찾아오는 바람 쉬었다 갈 때는 청솔 냄새 품고 가도록 청산도 만들자 티끌도 숨을 수 없는 투명한 영혼 하늘이 검게 내달아 오기 전에 어서 만들자

마지막 환희를 위해서 마지막 눈물을 위해서 사랑이란 말 한마디 곱게 간직하고 잊지 말자 질퍽이며 아픔으로 질퍽이며 영혼 되어 장례 치르자 둥글게 투명한 파문 그려가며 하얀 도화지 위에 영혼을 그리자 아픔도 사랑도 그 안에다 그리자 검은 하늘 샛별과 친구 되라고 하얀 도화지 밑에다 적어놓자

창가에 꽃다발 걸고

내 영혼의 슬픈 삶 휘감는 소용돌이
아픈 마음 달래는 공허한 울림과
영혼의 싹 티우는 밤샘을 한다

소경 된 오늘 밤 별 속에서 밤새우고
새벽닭 홰칠 준비할 때
내 자리로 돌아가야 겠다

낯선 하루 속에서
슬픈 사연 바람에 풀어헤치며
세상을 가야 하겠다

하늘의 푸름 썩을 때까지
내 영혼에 상처 내야 하는
하루를 살아야 한다

노릿대 사슬로 움직이는 사지
모든 것 다 버린
또 무너져 내린 가슴이다

창가에 꽃다발 걸고
봄바람 불어오게 커튼 걷어
쓸쓸한 낙원 창조하자

화산의 불길로 내 영혼 정화시켜
자유로 탄생한 순간으로 돌아가
허공에 가득 채우자

달아놓은 쇠북 두들겨 패며
허전한 마음에 종소리 가득 채워
사랑을 잊지 말자

슬픈 삶의 소용돌이가 휘감겨오는 내 영혼에 하늘 따라 눈망울 초롱초롱 빛내가며 긴 한숨으로 아픈 마음 달래 보는 적막한 밤 빈방의 공허한 울림과 더불어 고통받는 내 영혼의 대지에 싹 틔우기 위한 밤샘을 한다 하늘아 오늘 밤 너는 소경이 되었으니 아픈 영혼 헤아려주기 어렵겠구나 너의 품 안에서 정신 바짝 차리고 내려다보는 저 별들 속으로 날아가 밤새 우고 능선이 해 품고 첫닭이 홰칠 준비할 때 살며시 내 자리로 돌아가야겠다 또 다른 낯선 하루 속에서 갈등으로 하루를 마감해야 하는 그때까지 바람과 더불어 슬픈 사연 풀어헤치며 세상을 가야 하겠다 겹겹이 둘러싸인 빙벽 넘어갈 도구도 준비해야겠다

하늘의 푸름이 썩을 때까지 오늘도 내 영혼에 상처 내야 하는 하루를 살아야 한다 삶의 굴레 속에서 모든 것 다 버리고 묵묵히 지켜야 할 침묵을 위해 오늘 또 내 가슴이 무너져 내려야 한다 슬픈 연출가의 거친 손길 아래 노릿대 사슬에 연결된 사지는 그에 의해 움직여지고 난 뒤에 공허한 빈방에서 흰 머리카락을 또 뽑아야겠다

홀로 갖는 자유로 풍부해지는 팽창감에서 혼자를 즐기자 평안한 자리 창문가에 꽃다발 걸어놓고 틈새 바람에 꽃향기 갖고 오게 빙하의 대륙에 따사한 봄바람 불어오게 커튼도 걷어 젖

히고 쓸쓸한 낙원 창조하며 자유로 탄생한 순간을 소중하게
가꾸어보자 빈 들 내닫는 냇물의 흐름으로 벌겋게 타오르는
화산의 불길로 다 떨어져 나간 내 영혼 정화시켜 슬픈 삶의 테
두리 안에 들여놓자

심심산골 휘적휘적 들어가 퐁퐁 솟는 샘물에 눈 닦고 마음 닦
고 손 씻고 발 씻어 깨끗이 신발 닦아 신고 자유로 탄생한 내
순간들 속으로 커튼 젖힌 창문으로 휘적휘적 돌아가 허공에
가득 채울 준비를 하자 차라리 체념하고 달아놓은 종이나 실
컷 두들겨 패자 오늘도 그렇게 하루를 보내고 허전한 마음에
종소리 가득 채워 푸른 꿈 꾸도록 사랑을 잊지 말자 얼은 내
가슴 녹을 수 있는 사랑 잊지 말자

미치도록 안타까운 내 여인을 위해 피어날 장미를 손꼽아보자
맑은 잎새 밤새도록 맑은 이슬 머금고 붉디붉은 속살 드러나
도록 이 밤 고요히 밝음을 기다리며 참는 연습을 하자 가시에
상처 입을 내 영혼 위해 빈방일랑 그대로 비워놓기로 하자 슬
픔도 아픔도 모든 갈등까지 들여놓지 말고 누가 묻거들랑 그
냥 빈방이라고 말할 수 있게 비워놓자

빙하시대

영하의 바람 윙윙거리며
왼 종일 미쳐 날뛰고 있다
영하의 인간들이 얼어붙었나 보다

수많은 자취 풍화 입는 시간
멍청한 몰골의 밑천이
바쁘게 향하는 자기상실

중상모략과 타협하고
허탈한 종점에 이르러
이슬 핥아 독을 품는다

영하의 잔치에 초대하여
귓가 간질이는 중상모략
휘청거리는 영혼의 그림자

가슴속 얼어붙은 상처 난 육신
꿈틀대는 푸른 생명 찾아
생명의 물 있는 곳으로 가자

베토벤도 베를리오즈도 만나
피곤한 사지 평안케 하자
푸른 세상에서 밖의 빙하시대 바라보자

스토브에 양동이 올려놓고
빙하의 영혼 펄펄 끓이며
무너져 내리는 빙벽 바라보자

빙하의 영혼 녹아내리게
장작더미 옮기자
석탄더미 옮기자

영하의 바람이 내 귀를 얼려놓는다 한 맺힌 쓸쓸한 가지 사이로 거침없이 지나며 흔들어 재낀다 심술궂은 처사에도 나뭇가지는 아무 말 않는데 바람은 왼 종일 윙윙거리며 사납게 미쳐 날뛰고 있다 영하의 인간들이 얼어붙었나 보다 사방을 두리번거리며 잠시도 변명할 틈도 없이 모질게 불기만 한다

까만 골짜기로부터 수많은 자취들이 풍화風化 입는 시간에 영하의 인간들은 바쁘기만 하다 멍청한 저마다의 몰골을 밑천 삼아 감긴 태엽이 다 풀려나가도록 잠시도 가만있지 못하고 자기 상실을 향하여 바쁘게 헤쳐가고 있다 모든 것 망각하고 자신의 개념마저 영하의 바람으로 퇴색되어 객관적 의지에 목 끌림 감수하며 얼어오는 대지에 발자국 얼려가며 희미한 추억마저 들춰낼 엄두조차 못 내고 있다 마지막 허탈한 순간을 위해서 중상모략과 타협하며 독사 되어 독毒 품기 위해 이슬을 핥고 있다 어리석은 독毒 품어 어쩌겠느냐 바람은 영하의 잔치에 너를 초대하고 너의 귓가에 중상모략을 간질이고 있다 혐오스러운 작태의 주절거림이 멈출 기색조차 보이지 않는다

시간의 흐름이 쌓여간다 의지 상실로 나른해진 영혼의 그림자는 휘청거리고 있다 삶의 의미 찾아 주름살로 향하는 주어진 운명 앞에 언제나 어리석은 슬픈 삶에서 벗어나지 못하고 있다 영하의 대지에서 모두 동사하는 막다른 길목에서 발버둥

치고 있다 바람에 묻혀 부서져 가는 육신에 상처 내고 얼어붙은 가슴속에서 밖으로 쫓아내고 있다 얼마 남지 않은 생명 쉬지 않고 쫓아내고만 있다

푸른 생명들 꿈틀대는 곳을 찾아 나서야겠다 푸른 영혼들 안식하는 곳으로 생명의 물 스며있는 곳으로 발자국을 옮기자 고개 숙여 발자국 세어가며 아담한 세계로 침잠해 가자 베토벤도 만나고 베를리오즈도 만나 피곤한 사지 편케 하리라 밖에는 얼음의 빙하시대 푸른 세상에서 바라보자 창문에 곱게 앉은 성에꽃 따가며 빙벽氷壁 무너져 내릴 때까지 바라다보자 스토브 위에 양동이 올려놓고 빙하氷河의 영혼들 펄펄 끓여가며 베토벤을 만나고 베를리오즈도 만나자

녹색 영혼 만들어 세상을 덮자 꿈틀대는 푸른 생명의 음모 꾸며가며 빙하의 한낮 정점에 서서 내 귀를 녹이자 내 가슴을 녹이자 빙하바람 녹이자 빙하의 영혼들이 펄펄 녹아내리게 어서 어서 장작더미 옮기자 석탄더미 옮기자 추위 가시지 않는 이 밤을 위해서 술 한 잔 걸쳐가며 그렇게 침잠하자

아픔의 파노라마

슬픈 세월 멈추지 않는
아픔의 파노라마
여울지는 망상의 방황

삶을 호흡하는 노예의 생명
멍청한 진통으로 영혼과 씨름하는
내 안의 세계

의지와 상관없이 끌려가는
알 수 없는 미래는
무언가 이루고 싶은 의미

바라문의 행렬 지켜보며
소라의 전설 이야기하고 싶은
슬프도록 찬란한 세상

괴물과 싸우고
티켓 끊어 달리며
또 싸우러 간다

여기저기 늘어진 거미줄에
죽은 듯 웅크리고 노리는
독거미들

양파껍질 같은 안개의 세월
허둥지둥 벗겨도
현실은 제자리로 돌아왔다

현재에 도착한 환상의 벽돌로
쌓은 아집 무너뜨리며
속절없이 무너지는 나를 보고 있다

슬픈 세월이 가고 있다 무언지 모를 답답함으로 하루를 또 보내고 있다 멈출 줄 모르는 아픔의 파노라마 속에서 여울져 가는 망상으로 방황이 이어진다 걷고 걷고 걸어도 풀리지 않는 답답함으로 메마른 영혼에 스모그까지 달려들어 괴롭히고 있다 언제쯤일까 모든 것 짚고 일어서서 승리하는 그날이 언제쯤일까

삶을 꾸려가며 삶을 호흡하고 삶의 노예 되어 내 생명을 깎아 먹는다 모든 것을 원점으로 옮겨놓은 나의 세계 안에서 명청한 진통으로 내 영혼과 씨름한다 알 수 없는 미래를 향해 알 수 없는 마지막 날을 위해 나의 의지와 상관없이 실려만 가고 있다 무감각한 세월 속에서 무언가 이루고 싶은 의미를 부여하기 위해서 관념觀念이 필요하고 자아自我가 필요하다 진한 아픔 진실로 깨달을 수 있는 표피가 되기 위해 하나의 의미를 만들어야 한다

빗소리가 그리워지는 밤에 천둥번개도 자취 감춘 이 밤에 파초의 꿈을 꾸며 소라의 전설을 이야기하고 싶다 슬프도록 찬란한 세상 속에서 바라문의 행렬 지켜보며 마지막 갈구하는 작은 염원으로 이 밤을 하얗게 밝히고 싶구나 슬픈 삶의 소용돌이 속에서 많은 괴물과 싸움하고 지칠만하면 쉬었다 또다시 싸우러 가기 위해 토큰을 사고 티켓 끊어 달리고 달리며 의식

을 빼앗긴 채 로봇 되어 달려간다

하나의 돌덩이로 숨 쉬고 있는데 죽어있는 세상이 빌딩 숲에
숨어 노려보고 있다 거미줄이 여기저기 늘어져 있고 곳곳에는
수많은 독거미가 웅크리고 죽은 듯이 고요하게 노리고 있다
태곳적 숨소리가 들리는 것 같다 안개에 뒤덮인 태초의 세상
이 밀려오고 있다 현재에서 태초로 돌아갈 수 있는 길목을 묻
는다 허둥지둥 열심히 가노라면 언제나 제자리에 돌아와 있음
을 발견하고 정신없이 가다 보면 열심히 그 자리로 또 돌아가
게 되어있는 현실의 실체 속에서 양파껍질만 열심히 벗겨 내
리고 있다

회오리바람과 마주 서서 대결하고 있다 답답한 세월 벗 삼아
슬픈 노래라도 부르며 스스로 자위하고픈 시간들 허공으로 메
아리 져 가는 허무한 삶의 꿈같은 시절 꿈같은 환상으로 현재
에 계속 도착하고 있는 벽돌로 나의 아집我執을 쌓아가고 또
무너뜨린다 스모그 속으로 무너뜨리고 오늘 같은 밤 무너지는
나를 속절없이 바라만 보고 있다

제비야 제비야

말라비틀어진 영혼이
코뚜레 꿰인 소처럼 끌려가며
조롱받는 노리개 운명

여기저기 늘어진 울분의 영혼들
별 뜨는 하늘 아래
꼼장어 굽는 까만 숯

폭발한 울분 비틀대며
3차로 가서 마른 영혼 태우고
설움 겨운 노래 부른다

까맣게 타버린 제 영혼이
졸린 눈 부비는 별 아래서
어둠을 파먹는다

담배 한 대 피워 물고
퀴퀴한 냄새 주눅 든 심호흡으로
소리 질렀다 문 열어

비틀린 영혼 애끓는
약자의 강변強辯을
신神이여 불쌍히 여기소서

흥부 박씨 물고 오는
제비가 그리워진다
제비야 제비야

놀부 박 씨 물고 오는
물 찬 제비야
지지배배 타일러도 주려무나

삶의 고뇌에 시달리며 말라비틀어져 가는 영혼이 있다 착각은 어리석음의 대명사 그래도 행여나 하는 착각 속에서 참을 수 없는 번뇌에 시달리고 있다 어쩌지 못하는 현실 속에서 코뚜레 꿰인 소 끌려가듯 끌려가며 모든 비웃음과 멸시와 냉대 속에서 조롱받는 노리개로 운명 짊어져야 하는 울분의 영혼이 여기저기 늘어져 남모르는 애 끓여가며 까맣게 타들어 가는 심장을 어쩌지 못하고 있다

붉은 해는 이미 숨어버리고 별 뜨는 하늘 아래 까만 숯이 되어 꼼장어 굽고 있다 어느 길모퉁이 포장마차에는 울분의 그림자가 밖으로 달려 나오고 마지막 술잔 끝나면 거듭거듭 몰아沒我의 세계로 침잠해가며 2차 3차로 비틀거리는 발자국을 향하여 삐쩍 말라붙은 영혼 태우고 있다

아픔으로 아픔으로 술잔이 오고 가고 착각의 동료들이 목젖 튀어 나가게 소리 지르고 설움에 겨운 노래 부르고 웃고 울며 푸념하다 까맣게 타버린 영혼이 착각의 공간으로 뿔뿔이 흩어져간다 까만 하늘 별들도 끔뻑끔뻑 졸린 눈 비벼가며 어둠 파먹고 나뭇잎 하나 없는 나뭇가지 바람 따라 흔들리고 있는 큰 길가 지나 행길로 들어서서 담배 한 대 불붙여 피워 물고 골목으로 접어든다

벌겋게 달아오른 얼굴로 퀴퀴한 냄새 풍겨가며 주눅 들어간다 문 앞에서 커다랗게 심호흡하고 소리 지른다 문 열어 이미 뿔은 꺾여 볼품없고 주눅 든 백지장 같은 얼굴로 약자의 강변强辯을 토하고 있다 신神이여 불쌍히 여기소서 끝날 수 없는 수레바퀴 굴려야 하는 비틀린 영혼들의 끓는 애를 불쌍히 여기소서

제비가 그리워진다 찬바람 으슬거리는 길거리에 낮게 날아 질주하는 제비가 보고 싶어진다 오늘이 며칠이더라 이제 좀 있으면 제비가 오겠지 제비야 제비야 이 봄 지나 더워지면 잊지 말고 또 오너라 흥부 박씨 잊지 말고 입에 물어 오려무나 말라 비틀어져 가는 영혼들에게 흥부 박씨 입 벌려 주고 죄진 영혼들에게 놀부 박씨 주려무나 제비야 제비야 물 찬 제비야 지지배배 지지배배 타일러도 주려무나

안개 속 표류

센티한 기류의 쓸쓸한 거리
젖은 눈의 추억으로 아린 가슴
무언가 붙잡고 매달리고픈 하루

적막감이 피막으로 스며들고
희망도 목표도 없이
오도카니 올라선 안개 속 표류하는 방향타

자연의 흐름에 거역하는
인생의 카드놀음은
싫증나는 오락이다

모든 것 빼앗기고 잃어버린 세상
영혼마저 뺏길 것 같아
한숨마저 쉴 수 없다

뻣뻣한 내 영혼 위해 어디로 갈까
친구도 부모도 여인도 없는
홀로 된 이 밤에 어디로 갈까

내 눈물로 내 영혼 적시고
사월 목련나무에 젖어 들어
목련으로 피어나고 싶다

청순한 목련의 그늘로 목욕한다
부질없는 망상 번뇌
사디스트의 삶을 깨끗이 씻는다

껍데기 홀랑 벗고 마주 앉아 줄
그 누군가가 절박한 내 모습이
도깨비 되어 허공을 날고 있다

왠지 모르게 오늘따라 센티 해지는 기류 속에서 허우적거려야 했다 쓸쓸한 거리에서 전철 안에서 부는 바람 벗 삼아 그냥 추억에 잠겨야 했다 아려오는 가슴 젖은 눈으로 쓸어내리며 무언가 붙잡고 매달리고픈 하루였다 진한 적막감이 거리 속의 연인들 헤집고 나와서 나의 피막 속으로 스며들고 있다 목표도 희망도 없이 망설이는 방향타에 오도카니 올라서서 짙은 안개 속으로 표류하는 뱃머리 바라보고 있다

안타까운 인생의 카드놀음은 싫증 나는 오락일 수밖에 없는 속세의 흐름에 언제까지 순종해야 할지 알 수가 없다 모든 것 빼앗기고 잃어버린 세상에서 마지막 남은 내 영혼마저 뺏길 것 같은 두려움에 한숨마저 제대로 쉴 수 없다

하늘은 맑고 지금도 물은 흐르고 있는데 차츰차츰 파여 가는 내 영혼이 너무나 안타까워 사연마저 자취를 감추려 한다 인간의 틈바구니에서 인간으로 존재하며 인간을 답습해 나가야 하는 속세의 테두리로부터 탈출하고 싶다 오늘 이렇게 바람 부는 날에는 또다시 아웃사이더가 되어 방황하고 사르트르의 친구가 되어 나의 의지 박탈하고 사디즘의 완벽한 실천을 위해 추억으로 돌아가고 있다

촛불 찾아 며칠째 계속된 추위로 뻣뻣해진 내 영혼 녹이고 싶

다 어디로 갈까 뻣뻣한 내 영혼 위해서 홀로 된 이 밤에 어디로 갈까 친구도 없고 부모도 없고 여인도 없다 오직 오직 나밖에는 찾을 수 없는 이 밤에 아무도 없는 곳에서 울고만 싶다 이제는 밖으로 표출해 내서 엉엉 울고만 싶다 나의 눈물로 내 영혼 적시고 나를 적시고 사월 목련나무 밑에 젖어 들어 목련으로 피어나고 싶다

산만해지는 내 영혼의 그림자 이끌고 가며 엉엉 이끌고 가며 목련 이야기를 해주고 싶다 청순한 그대 그늘 아래 내 혼탁한 영혼의 잠자리 깔아놓고 청순한 그대 그늘로 목욕한다 내 영혼이 목욕한다 부질없는 망상 끌어안고 번뇌하며 사디스트의 찌든 삶을 깨끗이 씻어내고 있다

오직 나 하나의 모습으로 그리워지는 것들 손꼽아 헤아려보며 아린 가슴 쓸어내린다 모든 껍데기 홀랑 벗어버리고 마주 앉아 있어 줄 그 누군가가 절박하구나 부재중에 안존하고 있는 나의 모습이 도깨비 되어 허공을 날고 있다 천사 될 그날을 찾아서 엉엉 울면서 쉼 없이 쉼 없이 허공을 허우적거리며 날고 있다

사디즘의 위령제

눈이 내린다
눈의 계절이 마지막 같아
눈송이가 슬픈 미소 같다

사랑의 공백은 넓어지는데
조그만 가슴은 쭈그러들어
드러난 뼈 숯 되어 육신 태운다

불타는 육신의 음성
쾌감으로 한세상 묻어
환희로 태어난다

상념은 가시덤불 골짜기에서 찢겨
너풀너풀 날아가는데
또 한걸음 내딛는 삶의 발자국

순수 이성의 비판으로
칸트 주위 맴돌며
사디즘의 위령제 치른다

무디어진 내 영혼 베어내고
썰렁한 세상에 내리는
순백의 눈발을 본다

썰렁한 세상에 태어나
아픈 사랑 끌어안고
윤회해야 한다

불타는 숯으로 벌겋게 땀 흘리며
푸른 생명 다가오면
벌겋게 타고 있다고 말해주자

은의 왈츠 신의 춤이 저러한가 콧가에 싱그런 바람이 폐부를 청소하고 있다 눈雪의 계절이 마지막 날인지 슬픈 미소로 사뿐사뿐 내려앉는다 백색 포말 같은 백의 장막을 세상에 드리우고 있다 아픈 삶의 군더더기들 포근히 감싸는 하얀 마음속으로 나도 날아간다 출렁이는 파도 같은 물결들 세태의 동공을 통해서 끊임없이 왔다가는 멀어져 간다

허탈함으로 모든 사랑의 공백은 더욱 넓어져 가고 조그만 가슴은 쭈그러들어 숨김없이 드러난 앙상한 뼈마디는 까맣게 숯되어 타고 있다 환희의 쾌감으로 표피적인 삶의 원천에 서서 불타는 응얼로 한세상 내다보고 한세상 한숨 쉬고 한세상 묻어버린다

깊은 상념으로 골짝 가시덤불에 영혼은 갈가리 찢겨 너풀너풀 하늘을 날고 멈출 줄 모르는 삶의 발자국은 또 한걸음 성큼 내딛고 있다 아픔 속에 추구해 가며 사디즘의 위령제를 치르고 있다 순수 이성의 비판으로 나를 적셔가며 칸트의 주위를 맴돌고 있다

많은 속성들과 칼싸움하면서 무디어진 내 영혼 이내 베어버린다 참으로 썰렁한 세상에서 눈雪발을 지켜본다 나의 머리에 어깨에 수줍은 여인네 웃음으로 살짝살짝 내려앉는다 수줍은

사랑 아프게 고백하며 눈물 되어 젖어 들고 있다 썰렁한 세상
에 태어나 아픈 사랑 끌어안고 또 윤회해야 한다

어쩌나 이 많은 수수께끼들 어찌하고 또 가야만 하나 찾지 못
하는 끝을 향해서 우주의 운행으로 끌려가고 있는 이 작은 눈
물들을 어찌하려나 그렇게 알 수 없는 태초도 고통이었다 신
神의 춤을 추자 사뿐사뿐 내려앉는 은의 왈츠를 썰렁한 바람
속에 불타는 숯으로 벌겋게 땀 흘리자 푸른 생명 다가오면 아
직도 벌겋게 타고 있다고 푸른 생명들에게 이야기 해주자

범종의 통곡과 북 울음

푸르스름한 달빛 젖은 한지에
경직된 목골木骨의 선을 타고
거무스레 흘러내리는 영혼의 길잡이

봉화 오른 간밤
움켜쥔 손에 펄럭이는 횃불
밝아오는 아침을 위하여 하늘에 바쳤다

우람한 함성은 대지를 흔들고
저마다 심장 터뜨리며 우주도 흔들어
표출한 피는 백두산 분화구 기름이 된다

흘러내린 응얼마다 하늘 되어
오대양 육대주 얼싸안고 백마에 우뚝 솟아
하얀 옷고름 날리며 우주로 말발굽 달린다

바람 타고 오는 범종의 통곡
하늘을 여는 힘찬 북 울음으로
하늘을 오른다

떳떳한 자유 찾는 푸른 염원으로
대의에 던져진 온몸은 대도를 향해
당당하게 내딛던 영혼의 절규

산마루에 걸터앉은 붉은 응얼이
푸른 영혼 벌겋게 물들이며 침잠하는데
별무리 몰아오는 말발굽 소리 하얗게 피는 밤

영하의 바람 으슬으슬 볼을 비비고
늙은 주름살의 연륜 그리며
대금 가락에 내 영혼 적시고 있다

눈 떴다 푸르스름한 한지에 경직된 완자 문살의 거무스레한 목골木骨 타고 흘러내리는 영혼의 길잡이로 도도하게 우뚝 버티고 있다 밝아오는 아침을 위해서 간밤에는 봉화가 오르고 손에 손에 움켜쥔 횃불의 펄럭임은 하늘에 바쳤다 모골毛骨 송연하게 우람한 함성이 천지를 흔들고 우주를 흔들며 저마다의 심장을 터뜨리면서 온몸의 피란 피 표출해 펄럭이며 백두산 분화구의 기름 되어 시뻘건 혓바닥 잘려나가며 하늘에 솟아올라 혈서 펼쳐가며 밤을 지샌다

떨려오는 가슴으로 얼싸안고 부둥켜 뒹굴며 이글거리는 태양 아래서 스러져 가고 밟히며 물로 녹아 흐르고 있다 거리거리 흘러내린 응얼마다 투명한 하늘 되어 오대양 육대주 가슴마다 얼싸안고 하얀 옷고름 휘날리고 있다 험한 준령 계곡에서 드넓은 광야에서 백마 위에 우뚝 솟아 우주로 말발굽 울린다

가냘픈 여인네의 흐느낌마저도 샘이 되어 흐르고 이미 잉태한 정열은 태동하기 시작했다 별빛 사이로 개벽의 서막이 오르고 있다 들린다 멀리서부터 바람 타고 오는 범종의 통곡과 힘찬 북 울음이 하늘을 열고 있다

까만 숯덩이 되어 붉은 태양이 다가와 입 맞출 때 기다리며 새 신발 곱게 내려다본다 세월은 바다로 흘러 침잠해가고 우러른

모든 영혼 부추겨가며 하늘로 오르고 있다 참眞을 향하는 대행진의 서사시 끝나는 그날을 숙제로 남겨놓고 흰 백의 그림자 좇아서 끝없이 오르고 있다 대의에 온몸 내던지고 대도大道 향해 당당하게 내딛던 영혼의 절규 거듭해 가며 떳떳한 자유 찾으려는 푸른 염원을 붉은 응혈로 토해냈다

평안하라 나 찾아 눈 떠라 대금의 절절한 음률이 완자 문 위에 엉겨 붙어 푸름의 한恨 달래고 있으니 언젠가 크고 밝게 빛날 영롱한 날들이 완자 문 한지에 색각 되어질 때가 오리라

붉은 응얼 산마루에 걸터앉아 푸른 영혼 벌겋게 물들이며 침잠해간다 까만 밤으로 별무리 몰아오는 말발굽 소리가 하얗게 피어오르고 있다 차츰차츰 내려가는 영하의 기류 속에서 으슬으슬한 바람이 볼 비비며 내 몰골 속으로 스며들고 있다 늙은 주름살의 연륜을 그리고 영혼들의 부르짖음 앞에서 대금 가락에 내 영혼 적시고 있다

일그러진 아픔

집을 나선다
허허로운 바람 타고 발자국 옮기는
일그러진 아픔 어지러이 교차하는 상념의 넋

버스에 올라 아픈 상념과 울고 싶은
가슴 밑바닥으로 가는 길
인파와 자동차 행렬이 오고 간다

나를 감싸고도는 냉기류
골짜기 거슬러 고도高道 향하며
세상 벗어나는 무의식의 발걸음

숨 주머니 불룩대며 아스팔트 건너는 두꺼비
힘겨워 쉬는 틈에 자동차에 밟혀 "빵"
총소리처럼 배 터지는 소리가 들렸다

허전하고 허망하다
제 명命대로 살지 못하고
붉은 피 널려놓고 푸른 허공 향하는가

이쪽에는 사유지가 가로막고
저쪽에는 전투경찰 경계지역이라는
일반인 출입금지 팻말

으쩍 뽑아 똥간 막대기로 쓰고 싶다
산바람 품에서 기氣 마시며 정상에 올라
텅 빈 세계에서 세상을 마신다

샛별과 이야기하는 오늘 하루
어느 영혼이 너의 방에서 쉬는지 묻고 있다
바람에 실은 샛별의 이야기가 세상으로 간다

집을 나선다 일그러진 아픔으로 허허로운 바람결 타고 발자국을 옮긴다 멍한 머릿속에는 많은 상념이 어지러이 교차해 가고 아수라장 얼빠진 넋처럼 정거장 팻말 아래 서성이고 있다 어디론가 훌쩍 가고 싶은데 그곳이 어딘지 몰라 엉거주춤하니 눈자위만 이리저리 굴리고 있다 푸른 영혼 찾아서 끝없이 가야 할 곳을 찾아서 버스에 오른다 아픈 상념과 함께 울어버리고 싶은 가슴 밑바닥으로 향하고 있다 많은 인파가 오고 가고 많은 자동차 행렬도 오고 간다 그동안 포근했던 날씨가 오늘 따라 선선해지고 있는 것 같다 맑은 얼음 위로 피어오르는 냉冷기류가 나를 감싸고돈다

골짜기 거슬러 올라간다 한발 한발 고도로 향하는 무의식의 발걸음으로 세상 벗어나는 몸짓을 한다 두꺼비들이 길에 나와 펄쩍펄쩍 길 건너며 우둔하게 불거진 두 눈 껌뻑여 가며 마음껏 솟았다 내려앉아 숨 주머니 불룩거리며 숨 돌리다 자동차에 짓밟혀 빵… 총소리처럼 죽음의 문턱 넘어간 배 터지는 소리와 함께 붉은 피 널려지고 하늘 향해 누운 사지는 허우적거렸다

네 발 달린 괴물은 무심히 사라지고 빈 바람만 허허虛虛로이 맴돌고 있다 허전하고 허망虛妄한 생명 전생에 무슨 업業을 짓고 미물로 세상에 나와 명대로 살지 못하고 푸른 허공 향하고 있는가 안타깝구나 필연적인 원죄原罪의 굴레 입고 그렇게 가야 하는지 알 수가 없다 내세에서는 귀한 몸으로 환생하여 천수 누리려무나 두껍아 필연적인 원죄原罪에서 벗어나 극락을

누리려무나 알알이 맺혀오는 아픔 어떻게 무너뜨려야 할까

좁은 포장길 따라 오르다 보니 이쪽에는 사유지가 가로막고
저쪽에는 전투경찰대 경계지역이라고 일반인 출입금지란다
일반인이라고 들어오지 말란다 계급 없는 상것이라고 들어오
지 말란다 개 같은 세상 자유롭게 생겨난 길 따라 그냥 걸어간
다고만 하는데 왜 막느냐 팻말도 그쯤 되면 만물의 영장 사람
에게 명령하니 팻말아 너 출세했다 으쩍 뽑아다 똥간 막대기
로 쓰고 싶구나 되돌아 나오며 가자미눈 뜨고 길 찾는다

아담한 오솔길 발견하고 한발 한발 하늘로 향한다 솔 냄새 풀
냄새에 젖어 나뭇가지 사이사이 헤쳐가며 사납게 휘몰아 대는
산바람 품 안에서 우람한 산줄기 맥 쫓아 이골 저 골 어리어리
서려 있는 기氣를 들이마신다 발 딛고 있는 바위 주위는 걸리
적거리는 것 없이 텅 빈 무한공간의 하늘에는 탱자만 한 태양
뿐 굽어보는 올망졸망한 세상 들이마신다

얼마나 긴 세월을 그렇게 버티고 세상 꼭대기 지켜오고 있는지
알 수가 없구나 그냥 그 자리에서 오랜 세월의 사연 바람에 실
어 쉴 새 없이 이야기하는 아픈 옹얼 길게 제 그림자 드리워가
며 빤짝 드러나는 샛별과 오늘 하루 이야기 주고받는다 어느
날 내 품에서 누가 어떻게 너의 곁으로 갔다고 이야기해 주며
그 영혼이 아직도 도착하지 않았는지 어떤 영혼이 너의 방에서
편히 쉬고 있는지 묻는다 바위는 샛별의 이야기를 바람에 실어
세상에 보내고 내 몸뚱어리는 휘적휘적 세상으로 보낸다

쓴내 나는 삶

상념과 혼돈으로 뒤범벅되어
몽롱한 환각의 빗길 헤매며
회복하는 의식의 몸짓이 빗방울 헤아린다

물 짓 좇아가는 핏발 선 시선의 순종
손가락 마디 우두둑거리는 비명으로
빗속 헤매며 접는 아픈 날개

갈망으로 했던 사랑이라는 말
허허虛虛로이 부서져 파열된
씁쓰레한 쓴웃음이 얼굴을 가른다

의미의 대명사는 상실되어
없는 의미 시 멋쩍게 서서 부르짖는 의미가
빈 허공을 때리고 있다

잊어버린 추억의 망상 움켜잡은
앙상한 뼈 드러난 허연 손아귀
견고한 강철도 늘 쩍 묻어난다

발자국의 의미 다시 만들며
아픔을 아름답게 하여
보석같이 찬란한 아픔 돼라

술잔을 들자
한 송이 꽃의 의미를 생각하며
바람에게 이야기하자

우두둑 꺾어가는 쓴내 나는 삶
비망록에 적어가며 가자
의미의 회복을 위해서

허망한 영혼으로 집을 나선다 상념과 혼돈으로 뒤범벅된 채 몽롱한 환각의 빗길을 헤매고 있다 너무도 뜨거운 아픔 속에서 느끼지 못하는 무감각의 상념으로 뒤엉켜있는 나를 보며 우산 끝 떨어지는 빗물 무의미한 눈으로 바라보다가 의식 회복하는 몸짓으로 흐르는 빗물 헤아려본다 몸부림으로 흐르는 물짓의 순종 좇아가는 시선은 이내 핏발이 서고 손가락 마디마디 우두둑거리는 비명으로 아픈 날개 접어가며 빗속을 헤매고 있다

언제부터인가 알 수 없는 몸짓으로 갈망했던 사랑이라는 말 허허虛虛로이 부서져 파열돼가는 이 순간들 속에서조차 따뜻한 것들이 못 견디게 그리워진다 절박한 순간순간들을 덧없이 보내고 있는 이 미소는 쓸쓰레할 수밖에 없는 쓴웃음이 얼굴에 퍼졌다 환각의 날갯짓으로 벌겋게 핏물 들어 심장으로 통하는 실핏줄의 출구와 입구 번갈아 찾아들며 우두둑 우두둑 손짓을 한다

그토록 안타깝던 슬픈 미소로 흐르는 방울마다 눈물은 이미 의미를 상실한 채 시멋쩍게 서 있을 수밖에 없는 그러한 의미의 대명사로 타락돼 가고 의미 없는 부르짖음만이 빈 허공을 때리고 있다 가냘픈 손아귀는 이미 허연 뼈만 앙상하게 드러나 잊어버린 추억의 망상을 움켜잡고만 있다 달구어질대로 달

구어진 강철의 견고도 늘쩍 늘쩍 묻어나는 푸른 빛깔 지나간 그날들 속에서 많은 불똥 튕겨 한 아름씩 토해내고 있다

아픔을 아픔답게 하리라 발자국의 의미들 다시 만들어 가며 보석같이 찬란한 아픔으로 술잔을 들자 불어오는 바람에 한 송이 꽃의 의미를 생각하면서 세월의 망각으로 내 살점 굳어 지기 전에 균열의 진통 비망록에 옮기자 아파오는 이 순간을 그대로 옮기자 의미의 회복을 위해서 우두둑 우두둑 쓴내 나 는 나의 삶을 꺾어가면서

푸른 하늘로 살아야 한다

한 계절의 수레바퀴가 돌았다
풀빛으로 몸짓하며 한해살이 박동 터지는
대지의 섭리 좇아간다

장미는 피어날 것이고
맑은 그림자로 투쟁하며
푸른 하늘로 사는 하얀 의미를 생각한다

속세에 투자한 무너진 하루
세월의 부스러기 쌓아가며
푸른 봄기운으로 태동하자

검은 우주로 관통하여
평안치 못한 심사 벗으며
내 영혼의 여인에게 가자

가냘픈 몸 적셔가며
블랙홀의 에너지로
촛불을 밝히자

나의 존재 찾아
나만의 세계 만들어
하얀 밤에만 이야기하자

들녘에서 쑥 뜯는
오롯한 여인네 그림자 아래
내 고향 찾아 붙박아 놓자

쑥 내음으로 파묻은 고독
봄 내음 퍼지는 고즈넉한 밤에
타는 불꽃으로 잠들고 싶다

한 계절의 수레바퀴가 또 돌았다 푸른 봄 내음의 물줄기들이 풀빛으로 몸짓하고 한해살이 박동 터져 나는 순간순간을 보면서 대지의 섭리 좇아 한해살이 시작을 해야 한다 얼마 있으면 또다시 장미는 피어날 것이고 푸른 계절 속의 푸른 하늘로 살아야 한다 맑은 그림자로 투쟁하며 하얀 의미를 생각해야 한다 시달림으로 더욱 견고하게 표출하고 무너져 내리는 내면의 굉음 들어가며 하루를 속세에 투자하고 영원으로 향하는 길목 언저리에다 나의 세월의 부스러기 쌓아가며 푸른 봄기운 들이마시며 태동胎動하자

너무도 장엄한 우러름으로 내 이야기를 대신하고 검은 우주로 관통하자 평온이 찾아드는 이 밤에 평온치 못한 심사 친구해가며 흔들리는 촛불의 이야기 들어가며 포도주를 따르자 부끄러운 수줍음으로 절로 취해버린 내 영혼의 여인에게로 검은 우주 뚫고서 가자 블랙홀의 에너지로 이 가냘픈 몸 적셔가면서 촛불을 밝히자 작은 소망으로 태워질 수 있는 내 영혼을 위해서 무언가 알 수 없는 소망들 간직하고 하얀 그림자 되어 순백의 찬양을 하여야겠다

나의 존재를 찾고 순수한 나만의 세계 만들어 하얀 밤에만 이야기하자 갈증 나는 편협된 세상에서 탈출하여 굉음으로 질주하며 들녘에서 쑥 뜯는 여인의 손길 아래 누워 여인의 오롯한

그림자 아래 내 고향 찾아서 붙박아 놓자 하루도 저물고 고즈
넉한 이 밤 견딜 수 없는 고독 쑥 냄새에 파묻고 내일 아침 장
사 지낼 어느 집 문가에 찾아들어 내 평화의 이야기하고 싶다
아파오는 이 밤에 맑은 그림자이기를 염원하며 타는 불꽃으로
잠들고 싶다 이 모든 것을 그렇게 잠재우고 싶다 푸른 봄 내음
퍼지는 이 고즈넉한 한밤에

∗∗ 3부

물 되어 흐르며

세상살이 아픔으로 분쇄되는 육신
미래와 연결될 수 있을지
의문스럽다

우선 멈춤의 시간 낭비인지
미래를 위한 일보 전진인지
알 수가 없다

오월 초하루
그립고 보고픈 사람들
알알이 영글어 가슴에 박힌다

앙금 돼 가라앉은 슬픈 곡조
덧없는 웃음으로 묵묵한 침묵
상념의 시련들이 물 되어 흐른다

흐르고 있는 물이 맑은 물인지 혼탁한 물인지 도대체 알 수가 없다 어쭙잖은 물질에 매여 쫓기기만 하고 있는 순간순간들 사랑하는 마음이 엷어져 가기만 한다 안타까운 세상살이 아픔으로 조각조각 분쇄돼 가는 나의 육신이 있다 나의 미래와 과연 연결될 수 있을 것인지 의문스럽다 미래를 위한 일보 전진인지 우선멈춤의 시간 낭비인지 알 수가 없다

오월 초하루 그리운 사람들 보고픈 사람들 나의 가슴에 알알이 영글어 박히고 있다 무엇인가 본연의 영질靈質을 찾아서 헤매는 나의 사고는 멈추지 않고 있는데 슬픈 곡조만 밑바닥에 앙금 돼 가라앉아 있다 초연해질수록 답답함은 더해만 가고 인생의 주간열차 야간열차 번갈아 올라타고 가쁜 숨 몰아쉬며 물 따라 흐르고 있다

몹시 어려운 그늘 아래서 흐른 땀 닦아낼 손마저 잃은 채 헤매고 있다 슬픈 미소마저 지을 수 없는 얼굴의 각질이 벗겨져 나의 가냘픈 발등에 소복이 쌓여간다 덧없는 웃음으로 묵묵한 침묵뿐 이상 할 말이 없다 머릿속에는 수많은 상념의 시련들이 재생돼 가고 이 세상 한숨 내가 모르는 수수께끼를 풀어야겠다 물 되어 흐르며 그냥 가야만 한다

거품 인생

소중한 삶이 아픔으로 흘러간다
굽어진 등살 두들겨 가며
번뇌 실어 보내는 긴 한숨

오늘이 유월 초하루 음력 단오절
창포 장사꾼 호객 소리 잠재운
샴푸 거품 부글대는 아귀다툼

거품 인생의 일장춘몽
모든 것 버린 마음 편한 세상살이가
나를 기다리고 있는 것 같다

편한 가운데 찾아오는
뭔지 모를 이상한 마음들
정돈된 것이 정돈되지 않은 것 같은 마음

알 수가 없다
무엇을 어떻게 행해야 옳은 것일까
나의 존재 의미를 어디서 찾아야 할까

세상을 잊고
쓸쓸한 한나절 인생도
그냥 잊고만 싶다

지탱하기 힘겨운 고통의 무게
바탕끼리 어울려야 보기 좋은데
내 바탕의 의미는 어떠한 것일까

단오 비 촉촉이 젖어드는 세상 한가운데서
적막을 벗 삼아 생각해 보자
결론에 도달할 때까지…

숨 가쁘게 흐르고 있는 내 소중한 삶의 아픔이 흘러간다 지치
고 허기져 돌아와 누우면 이내 모든 것들이 적막 속으로 침잠
해가고 있다 예쁜 꿈 찾아서 길 떠날 채비도 차리고 또 하루
의 장을 여는 의미를 위해서 수면을 취한다 안타까운 삶의 섭
리도 굽을 대로 굽어진 등쌀 두들겨 가며 긴 한숨에 모든 번뇌
실어 보낸다

오늘이 유월 초하루 음력으로 단오절이란다 예전엔 아낙네들
이 머리 감을 창포 장사들의 호객 소리가 들릴 것도 같은 환청
으로 슬픈 미소의 주인공 같은 샴푸의 거품 상기하며 맹렬하
게 부글거리는 아귀다툼을 바라본다 삶의 의미를 그 속에서
찾아보려고 자꾸자꾸 헤집어 봐도 더욱더 부풀어 커지기만 하
는 거품 인생의 일장춘몽 같은 맥락 짚어보는 내 인생도 일장
춘몽이 아니냐

모든 것 버리고 나니 오히려 마음 편한 세상살이가 나를 기다
리고 있는 것 같구나 편한 가운데서 찾아오는 뭔지 모를 이상
한 마음은 무엇 때문에 그럴까 정돈돼 있으면서 정돈되지 않
은 것 같은 마음 무엇인지 모를 그 무엇이 빠진 것 같은 허전
함은 무엇 때문에 그럴까 알 수가 없다 도대체 알 수가 없다
슬픈 노래 불러도 즐거운 일 생각해도 알 수가 없다 잔잔히 흐
르는 빗소리마저도 무엇인지 알 수가 없다

무엇을 어떻게 행해야 옳은 것일까 나의 존재 의미를 어디서 찾아야 할까 나의 의미를 찾아서 간직하고 싶어 모든 것 팽개쳐 버리는 망각의 늪으로 날아가고 있는 것 같다 아픔을 잊고 세상을 잊고 나도 잊고프다 쓸쓸한 한나절 인생을 잊고만 싶다 그냥 잊고만 싶다

상기하는 고통 측정치 못하는 가없는 무게를 지탱하기가 너무도 힘에 겹구나 바탕끼리 어울려야 보기도 좋겠지 내 바탕의 의미는 어떠한 것일까 아무것도 알 수 없는 자문자답으로 모든 의욕 상실한 채 그냥 흐르는 대로 맡겨둘 수밖에 없는 타성으로 서서히 빠져가고 있는 나의 의식을 흔들어 깨워야겠는데 나는 무엇을 위해 존재하는 것일까 나 자신을 위해서인가 내 주위를 위해서인가 모든 것을 생각해 보자 단오 비 촉촉이 젖어드는 세상 한가운데서 적막을 벗 삼아 생각해 보자 내 의식을 깨우기 위한 작업을 서둘러 해야 하겠지 그리고 결론에 도달할 때까지…

인생 상황실

땡볕 열기가 심화돼간다
어쭙잖은 웃음 짓는 것도 고통스럽다
의미의 창출을 위해서 허우적거린다

무감각한 영혼의 이미지 탈출하고 싶은 욕망
중추신경 마비시킨 타성으로 흐른 감각
인생 상황실이 고요하다

적막으로 몰입하는 나의 무게
세상사 모두 떨쳐버리고
유성流星의 흐름으로 흐르고 있다

마비된 감각 부여안고
왼 종일 정중동으로 읍루 하는데
땡볕의 성화가 발밑에서 아우성친다

무너진 아픔이 일어서려는
하루해 살라먹은 작은 몸부림
삶의 외마디 비명이 들린다

연緣의 섭리 어쩌지 못하는
나약함도 땅 밑으로 가라앉아
영원한 침묵으로 존재하겠지

끈끈한 삶의 작태에서
맑은 정기로 눈을 뜨고
또다시 내일을 짚어보자

무너진 벽돌더미 속에서
내 삶의 벽돌 쌓아가며
하루의 의미를 되새김질하자

커다란 걸음으로 성큼성큼 다가서는 성하의 계절 초록은 더욱 더 흐드러지고 갈수록 땡볕의 열기가 심화돼 가고 있다 커다 란 그늘 드리워지는 시간 속에서 어쭙잖은 웃음 짓는 것도 몹 시 고통스러움을 인식해 가며 어떠한 의미의 창출을 위해서 순간순간 허우적거린다

흐르는 세월 속에서 무감각한 내 영혼의 이미지들로부터 탈출 하고 싶은 욕망이 불끈대지만 타성으로 흐르고 있는 나의 감 각이 중추신경을 마비시켜 놓은 작금의 내 인생 상황실은 고 요하기만 하다 적막 속으로 더욱더 몰입해 가고 있는 내가 지 닌 무게가 답답한 세상사 떨쳐버린 마비된 감각 부여안고 유 성流星의 흐름으로 흐르고 있다

슬픈 미소의 눈가에 조용히 찾아드는 인생 그늘을 어쩌지 못 해 왼 종일 정중동靜中動가운데 눈물 흘리는 내 모습이 방울방 울 이슬 맺혀 화강암 그늘 아래로 흐르고 있다 하얀 고독이 찾 아들고 땡볕의 성화가 벌써 발밑에서 아우성치고 있다 아픔으 로 무너지고 아픔으로 일어서려는 작은 몸부림으로 오늘도 하 루해 살라먹고 흐른 땀방울 닦아내며 과거로 몰입해 간다

치열했던 삶의 외마디 비명 소리 들리고 나는 이내 죽음의 의 미를 깨우쳐야만 하는 터널 속 발자국 소리 그것들을 달관하

려는 나의 욕심이 그릇된 것이나 아닌지 알 수가 없다 멀리 떠나서 모든 것 버리고 돌아오고 싶다 연緣의 섭리를 어쩌지 못하는 이 나약함도 결국은 땅 밑으로 가라앉아 영원한 침묵으로 존재하겠지

아픔을 아픔답게 하여라 끈끈한 삶의 작태에서 맑은 정기로 눈을 뜨고 또다시 내일을 짚어보자 내 인생의 먹이가 나로 하여금 위안을 줄 터인즉 무너져 내린 벽돌더미 속에서 작업을 시작해야겠다 또다시 하나둘씩 내 삶의 벽돌 쌓아가며 오늘도 편안하게 두 눈 감아버리자 암흑과 적막과 어우러져서 일출봉 넘어오는 햇살이 나의 뇌리에 파고들 때까지 하루의 의미를 되새김질하면서

별을 헤아리며

쓸쓸한 삶의 작태 속에서
헤어나지 못하는 땀방울 핏방울
한 점의 살점도 모자이크하는 공허空虛

이유 없이 당하는 횡포
약한 자들의 몸부림
슬픈 삶이 털어낸 분노로 굴러가는 세상

찾아볼 수 없는 인생의 부가가치
멍청한 내 삶의 작태가 도달한 지금
탈진해 있는 방랑인 이다

혼미한 정신 되살려
나의 영혼 찾아 헤매며
밤하늘 별들을 헤아려본다

인생무상의 의미를 위해서
삶의 득도에 도달하려는
간절한 몸짓으로 정화된 밤

한 자루 촛불에
내 영혼의 영역 밝혀가며
붉은 장미의 의미를 더듬는다

굶어 죽을지언정
한술의 밥을 위해
비굴해질 수는 없다

안타까운 삶의 작태들
땀방울 핏방울 한 점의 살점까지
눈을 감아버리자

지워지지 않는 아픈 삶의 발자국이 세상을 휘저어간다 쓸쓸한 삶의 작태 속에서 헤어나지 못하는 가여운 땀방울 핏방울 한 점의 살점까지도 이미 모자이크해 버리는 세태의 흐름이 공허하기만 하다 여전히 메꾸어지지 않는 공허한 가슴으로 빈 마당 끌어안고 맑은 푸르름을 우러러본다 이유 없이 횡포를 당해야 하는 약한자들의 몸부림이 들려온다

가증스러운 작태들이 이처럼 아파오는 내 몸속에 하나둘씩 문신으로 각인 져 내리고 어디선가 알 수 없는 슬픈 삶의 굴곡들이 털어버린 분노로 세상은 또 굴러가고 있다 삶의 참된 가치를 상실해버린 인생의 부가가치는 어디서 찾아야 옳을지 그냥 멍청해버린 내 삶의 작태가 도달해 있는 지금은 탈진해 있는 방랑인 일 수밖에 없구나

새벽녘의 냉기가 겨드랑이로 스며드는 시간에 혼미한 정신 되살리며 나의 영혼 찾아 헤매며 밤하늘 별들을 헤아려 본다 인생무상의 의미를 위해서 무아無我의 공존을 위해서 해탈하고픈 삶의 득도得道에 도착하려는 간절한 몸짓으로 정화된 밤을 향하는 영원히 지워지지 않는 아픈 삶의 아픔을 위해 한 자루 촛불 받쳐 들고 내 영혼의 영역을 밝혀가면서 붉은 장미의 의미를 더듬어 본다

마지막 남은 최후의 자존심만은 결코 모자이크를 만들지 못하
게 하자 이미 **빼앗겨버린** 자존심까지도 나는 되돌려 받아야
할 것만 같다 차라리 굶어 죽을지언정 한 술의 밥을 위해 비굴
해질 수는 없지 않겠나 안타깝기만 한 작태들이다 그냥 이 한
밤 눈 감아버리자 땀방울도 핏방울도 한 점의 살점까지도 눈
감아버리자

피할 수 없는 현실

넘어야 할 산이 많고
건너야 할 강이 많은데
알 수 없는 구멍이 확장돼 간다

쌓인 낙엽 사이로 바스러진
아픔 스며드는 중추 시절에
화강암 더미에 눌린 나의 아집

알 수 없는 불확실성의 세태
아무도 믿을 수 없는 세상
측은지심도 힘 부치는 슬픈 세상

누런 이파리 벌레 먹은 구멍
잘린 아픔 목격해야 하는
피할 수 없는 현실

가여운 몸짓에
치부할 수 없는 소견머리가
그릇된 것인지 알 수가 없다

무상 세월은 말없이 저대로 가고
번뇌의 파편에 울분으로 지쳐
시름을 달래고 있다

눈 감은 채
커다란 구멍 맴돌아가며
덤덤히 존재하는 세월들

삶의 승자가 되기 위해
이 밤도 아픈 내 영혼 바라보며
눈물의 의미를 찾아 헤맨다

흩날리는 무상의 세월 무언지 모를 커다란 구멍이 더욱더 확장돼 알 수 없는 인생의 미래를 향해 초침 따라간다 넘어야 할 산들이 많고 건너야 할 강들이 너무도 많은 계절 속에서 나의 아집은 커다란 화강암 더미에 눌리어 겹겹이 쌓인 낙엽 사이로 바스러지는 아픔이 스며드는 중추 시절에 하루하루의 의미를 되찾아보려는 몸부림조차도 외면을 당할지 아니 당할지 알 수 없는 불확실성의 세태 속에서 작은 소망 몰래몰래 지펴 가며 안타까운 삶의 모서리 끝에서 망설이고 있다

아무도 믿을 수 없는 세상 속에서 행여나 하는 바람으로 더욱더 탈진해가고 횡횡 불어대는 바람결만이 이 아쉬운 공간을 채워주고 있다 어디서부터 시작된 태초의 불신인지 아무도 모르게 거대한 몸짓으로 짓눌러 버리고 한 줌의 모래마저도 익히 슬픔을 간직하기에는 너무도 힘이 부치는 세상 그래도 모래 틈바구니에 씨 뿌리는 가식을 차라리 알 수 없다면 속이나 편하련만 벌레 먹은 누런 이파리 속에서 잘린 아픔들을 보고 구멍들을 목격해야 하는 피할 수 없는 현실 부딪쳐가며 사는 것조차 이제는 그저 가여운 몸짓으로 밖에는 치부할 수 없는 소견머리가 그릇된 것인지 알 수가 없다

다정했던 이웃들 친구들 친척들 모두가 이해타산으로 이합집산 돼가는 속에서 훈훈한 그 무엇을 느끼고 싶다 그냥이라고

말하기에는 너무도 나약한 것 같아 억지로라도 느끼고 싶다 무상의 세월은 아무런 말조차 주지 않고 저 갈대로만 간다 수북이 쌓이는 번뇌의 파편들 속에서 분노로 끓어올라 주름 하나 남겨놓고 울분에 지쳐 서리 앉은 흰 머리카락 한잔 술 한가락 노래에 시름을 달래고 있다

그늘져가는 아랫입술은 굳은 화강암 조각으로 닫혀있고 두 눈은 감긴 채로 흐르는 물에 그냥 맡겨버리고 덤덤히 존재하는 세월들 커다란 구멍 맴돌아가며 무상無想을 배우려는 몸짓만이 멀리멀리 파문을 그리고 있다 안타까운 삶의 승勝자가 되기 위해서 이 밤도 아파야 하는 내 영혼을 바라보면서 내 머리 베개에 깊게 묻어놓고 흐르는 눈물의 의미를 찾아 헤맨다

해탈의 불쏘시개

허전한 빈터
아픈 삶의 테두리 어루만지며
그냥 바라만 보는 절망

빈곤한 영혼에 날아와 박힌
화살 같은 아픔
황량한 벌판에 내던져진 나의 시신

한줄기 푸름도 없는
뜰의 신음으로 장식된
나의 시신

온전한 생명이기를
바래기 잎의 그늘로 피어나
어머니 젖꼭지로 돌아가고 싶다

여인의 젖꼭지에 묻어있는 생명
허전한 빈터에 가득 채우고 싶다
나의 빈곤한 영혼에 가득 채우고 싶다

속세의 허물 벗어가며
뜰의 아픔에 피어난
한줄기 장미를 보고 싶다

윤회의 굴레 속에서 아픔을 낳는
악惡의 궤도 파괴하고
해탈의 미소를 향해서 간다

시신 한 점이
해탈의 불쏘시개 된다면
환희가 되리라

허전한 빈터의 공간을 꿰뚫고 아파하는 삶의 테두리 어루만지며 멈추지 않고 번져가기만 하는 얼룩들을 그냥 바라보고 있어야 하는 무기력한 에너지의 절망으로 어둠을 향하여 온몸으로 대적하는 안타까움이 이제는 텅 빈 영혼의 빈곤을 느끼고 꿰뚫은 빈터의 공간으로부터 화살 같은 아픔이 빈곤한 나의 영혼에 날아와 박히는 견딜 수 없는 아픔으로 황량한 벌판에 내던져진 나의 시신을 충혈된 눈으로 바라다보고 있다

내 영혼의 뜰에는 그 흔한 잡초의 한줄기 푸름도 목격할 수 없고 여기저기 찢긴 뜰의 신음으로 장식돼 있는 나의 시신으로부터 한줄기의 빛을 부여하고 바라보고 싶다 온전한 생명이기를 바라보고 싶다 바래기 잎의 그늘로 피어나 하얀빛 가운데 존재하는 빈터로 남아 바래기 이파리 속살대는 그림자 아래서 나의 시신 향해 내리꽂히는 까마귀의 비행을 바라다보며 어머니의 젖꼭지로 돌아가고 싶은 마음으로 나의 허전한 빈터를 가득 채우고 싶다

여인의 젖꼭지에 묻어있는 생명을 나의 빈곤한 영혼에 가득 채우고 싶다 이토록 허전한 밤에는 더욱더 온전한 생명이기를 갈구하는 안타까운 마음은 속세의 허물 벗어가며 승화된 밤의 정적으로 나를 감싸고 새벽녘 소리 없이 내려앉는 이슬의 영롱한 빛의 집합으로부터 생명을 키우고 어느 날 여기저기 찢

긴 뜰의 아픔 사이로 피어난 한줄기 장미를 보고 싶다 그곳으로부터 진한 향을 바람에 실어 온 세상 뒤덮어 놓고 신神을 찬양하고 신의 영광을 통해서 나의 영육靈肉을 흠뻑 적시고 싶다 앙상한 육신 속의 무거운 이 영혼을 흠뻑 적시고 싶다

허전한 내 영혼의 빈곤을 느끼는 이 아픈 밤에는 더욱더 그리워지는 해탈의 미소를 향하여 더 높은 곳으로 향하고 있다 밀리터리즘의 굴레 속에서 아픔이 아픔을 낳는 악惡의 궤도를 파괴하고서 하늘로 나의 두 눈을 들게 하고 오늘도 허전한 바람맞이를 해야만 하는 모순으로 존재했던 나의 주체를 찾아서 또 하나의 벽돌을 쌓아야 하는 현실을 부인하지 말자

까마귀는 오늘도 나의 시신屍身 한 점 물어뜯고 이 밤의 꿈을 꾸고 있겠지 하지만 오늘도 여인의 젖꼭지에는 생명이 묻어있음을 나는 알고 있다 해탈의 환희를 나는 알고 있다 나의 시신은 마지막으로 하얀 뼈를 드러내고 해골의 아픔으로 눕는다 할지라도 나의 시신屍身 한 점이 해탈의 불쏘시개 된다면 환희가 되리라 영혼의 빈곤으로 아파야 하는 이 아픔도 신神을 찬양하는 영광이 되리라 무기력한 에너지의 절망은 산그늘 아래 숨어들고 여기저기 솟아나는 샘물의 흐름으로 물 되어 흐르리라 바다로 향하고 하늘로 향하고 신神의 호흡으로 향하리라 알량한 마음의 빈곤에서 벗어나 참으로 참다운 나의 시신屍身

이 되어라

빈터의 황량한 바람 속에서 느낄 수밖에 없는 마음의 빈곤으로부터 느껴야 하는 신神의 영광이기에 이토록 견딜 수 없는 아픔이 밀려오고 파도의 몸부림으로 하늘을 향하고 있다 슬픈 자者의 최후의 승리를 위해서 진정 위대했던 순례자의 행적을 더듬더듬 뒤쫓아 간다 칠흙 같은 이 밤에 우주의 섭리를 헤아려가며 아픈 마음 고이 접어 슬픈 자의 눈물을 닦고 지친 발 닦으며 까만 밤 별 사이에 내 영혼의 잠자리를 깔아야겠다 떠오르는 태양이 나의 영혼을 감춰 줄 때까지 슬픈 자者의 승리를 위해서 해탈의 환희를 위해서

공백의 벌판

모든 감각 뜯어내고
알뜰히 남긴 것도 우주로 보내
영혼의 공백을 포옹한다

생각을 만들고 자취도 만들어
태동胎動하는 옛이야기 하며
평화를 창조하고 싶다

충만한 기쁨으로 잉태한
찬란한 빛 우주에 부어놓고
자취 없이 존재하리라

별들의 아픔 위로하며
무한한 평안 가득 채워
공백의 벌판에서 자취 없이 존재하리라

환희로 흘린 눈물이 별 되어
모래밭 뒹굴고 뛰놀며
어린아이의 눈이 되리라

보아도 본 것이 아니고
보지 못해도 본 것이니
자취 없이 존재하노라

알았어도 모르는 것이요
몰라도 안 것이니
영혼도 이러하리라

오만과 자만에서 벗어나
윤회하는 우주 만물의 에너지로
내 영혼 평안케 하리라

생각의 자취도 없이 완전한 영혼의 공백을 느끼고 싶다 모든 감각 뜯어내고 알뜰히 남겨진 마지막 것을 우주에 올려놓고 공간의 허허로움으로 존재하여 거칠 것 없는 우주 벌판에서 저마다 존재하는 별들을 내 영혼의 공백으로 포옹하고 영원히 존재케 하리라 그로 인하여 생각을 만들고 자취도 만들어 태동胎動하며 멀고 먼 옛날이야기 들려주고 오로지 하얀 색깔만 주어 평화를 창조하고 싶다

모든 감각의 평화로움으로 별들의 노래 만들고 내 영혼의 공백 속에서 별들의 자취도 느껴가며 평화로운 모든 감각으로 하여금 사랑을 속삭이게 하면서 하얀 색깔 위에 영광의 빛 잉태孕胎시키고 충만한 기쁨 속에 잉태孕胎한 찬란한 빛 우주 벌판에 부어놓고 내 영혼의 공백 속에서 평화로운 감각으로 온전한 생명의 태동胎動 느끼며 순백의 믿음으로 방황은 막을 내리고 둥글둥글 어우러져 하얀 색깔 위에서 노래하며 자취 없이 존재하리라

알 수 없는 방황의 끝자락에서 안식을 취하고 별들의 아픔도 위로하면서 공백의 벌판에서 창조의 역사 만들어 가며 내 영혼의 공백으로 돌아가 무한한 평안으로 가득 채워 평화로운 감각으로 내 영혼 위로하며 모든 잉태孕胎로부터 표출된 빛의 새 생명으로 모든 평화와 자유 만들어 별들과 더불어 우주의

벌판에서 자취 없이 존재하리라

허허로운 빈속을 통하여 빛을 보이고 평화와 자유를 온전하게 하여 위대한 창조의 역사 앞에서 감격의 환희로 흘린 눈물은 별이 되어 내 영혼의 허허로움으로 거칠 것 없는 놀이터에서 나는 어린아이의 눈으로 모래밭에서 뒹굴고 뛰놀며 해맑은 웃음 간직하고 우주의 사랑과 평화와 자유를 만끽하며 온전한 생명의 태동胎動으로 돌아가 충만된 우주의 허허로움으로 내 영혼의 공백空白에서 막을 내린 내 방황을 어린아이 눈으로 목격하리라

참으로 끝은 시작이니 우주의 신묘한 섭리는 내 영혼의 허허로운 안식처이다 자취 없이 존재하는 무한한 섭리 속에서 어느 누가 감히 자만할 수 있겠는가 봤어도 본 것이 아니요 보지 못했어도 본 것이며 알았어도 모르는 것이요 몰랐어도 안 것이니 내 영혼에 무한한 우주의 섭리 들이고 오만과 자만에서 깨어나 섭리로 윤회하는 우주 만물의 에너지로 내 영혼 평안케 하리라

애린愛隣의 굴레

애린愛隣하는 삶의 모퉁이
현실의 망각 허용할 수 없어
선 긋고 점을 찍는다

한 포기 난蘭을 심어
절망의 내 영혼 조각들
난蘭의 그림자에 모자이크해야겠다

슬픈 미소로 돌아서야 했던
슬픈 날들의 아픈 마음
위로와 희망을 이야기해주고 싶다

피곤한 삶의 테두리 맴돌며
의인 찾아 물 되어 흐르며
나의 영혼 쌓고 싶다

핏빛 노래 지줄 대며
무의미한 세월 인정하고
추운 세상의 존재를 인정한다

야간열차에 몸을 의지하고
아린 가슴 아픈 영혼으로
농축된 공간 까만 밤에 보아야 한다

찢긴 표피들의 행진
세월의 무의미함을 찾는
수많은 착각을 반복한다

지루했던 긴 여행의 먼지 훌훌 털고
우주의 섭리에 순응하며
의인과 이야기하고 노래하며 흐르리라

애린愛隣하는 삶의 모퉁이로 들어선다 닿고 싶어도 닿을 수 없고 느끼고 싶어도 느낄 수 없는 현실의 망각으로부터 빼앗김을 당했던 모든 것들로부터 이제는 더 허용할 수 없는 한계에서 선을 긋고 점을 찍어야겠다 무한히 넘치는 푸름을 향해서 아픈 마음 빈자리에 한 포기 난蘭을 심고 싶다 고고한 수줍음으로 머리 숙인 난蘭의 자태와 어우러져 내 빈곤한 영혼 흠뻑 풀어서 입맞춤하고 싶다 모든 것들이 얼어붙은 찬바람 속에서 나의 소중한 것들 알뜰하게 지키고 이제는 아무것도 바라볼 수 없는 절망으로 무너져 내린 내 영혼의 조각들을 난蘭의 그림자 위에 모자이크해야겠다

열심히 흘렸던 땀방울이 환희의 눈물방울로 순간순간을 촉촉이 적셔 대지의 풀잎들도 환희의 노래를 부르게 하리라 진한 솔내음 들이키며 여기저기 널려있는 자연과 함께 얼어붙은 삶의 공백을 채우고 슬픈 미소로 돌아서야만 했던 세태의 군상들 속에서 진실된 참마음의 위로와 희망을 이야기해 주고 싶다

피곤한 삶의 테두리를 끊임없이 맴돌아 가며 물은 물 되어 흐르고 피는 피 되어 흐르듯이 의인義人 찾아 의인義人으로 흐르고 의인義人과 함께 환희의 기쁜 노래를 부르고 싶다 일그러진 영혼의 영원한 절망으로 쌓이고 높아져가는 자만과 오만의 형이상학으로부터 영원한 탈출을 도모하고 무너지고 또 무너지며 나의 영혼을 끊임없이 쌓고만 싶다

순백의 그늘 아래서 정화된 내 영혼의 핏빛 노랫소리 지줄 거리며 소중한 생명의 의미를 그렇게 반복하리라 무의미한 세월의 존재를 인정해야만 하는 현실이라는 굴레 속에서 추운 세상의 의미를 인정해야만 하는 이 현실을 아픈 가슴으로 이야기해야 한다 시선조차 주지 않는 순백의 그늘을 부르짖어야 한다 쓸쓸한 여행길에서 야간열차에 몸을 의지하고 많은 세상의 농축된 공간을 까만 밤에 보아야 한다 아린 가슴 아픈 영혼으로 삶의 모퉁이 돌아 나와 일그러진 영혼 조각조각 찢긴 표피表皮들의 행진 바라보며 자비와 용서를 빌어야 한다

까만 밤 내 영혼의 잠자리에 평안平安을 들여놓자 얼마나 많은 세월의 무의함을 위해서 얼마나 많은 대가로 고통을 포용해야만 했던가 보이지 않는 끝을 위해서 찾을 수 없는 끝을 위해서 끝자락 잡으려는 우매한 희롱으로 수없이 많은 착각을 반복하며 세월의 무의미無意味함을 찾고자 정성 들이고 추운 세상 헤쳐가며 아픔과 기쁨의 눈물로 존재하며 불러야 했던 노래들

허전한 마음의 빈터는 뻥 뚫린 가슴으로 가려고 한다 지루했던 긴 여행의 먼지들 훌훌 털어버리고 정갈한 머무름을 위해서 평안한 평화의 안식을 위해서 내 마음의 암세포 잘라가며 순백의 그늘과 대지의 풀잎들 우주 끝자락까지 드리워놓고 의인義人과 더불어 이야기하고 노래하며 의인義人으로 흐르리라

벌판의 모래알

수많은 번뇌와 흐느낌 속에서
참된 의미의 완전함을 갈망하나
무의식의 흐름이 되었다

내 영혼이 타는 것도
희열을 느끼던 아픈 추억도
그냥 바라만 보았다

산산이 부서진 꿈과 희망도
벌판의 모래알로 밟히며
바람 부는 대로 굴러갔다

무언지 모를 형상 같은 느낌으로
우는 목소리는 안개 되어 대지를 덮는다
융화되지 않는 회한의 미소

영육靈肉의 태동으로 조용한 미소 짓고
삶의 가치관 논하기 전에
나의 의미를 다시 찾아야겠다

허허로움으로 귀착되는
알 수 없는 인생
무엇을 추구해야 하는지 알 수 없다

삶의 의미의 해답을 찾을 수 없다
고독하고 무기력한 자기모순적인
영육靈肉간 삶의 해답이 항변하기 때문이다

얻을 해답이 없어
의식마저 거추장스러운 현실
아팠던 시간이 허탈한 나는 허탈 덩어리

무의식의 흐름 속에 던져버린 삶의 행위가 태동하고 있다 많은 번뇌와 흐느낌 속에서 순수한 참된 의미의 완전함을 갈망하면서 조바심 속에 안타깝고 답답했던 삶의 토막들 불태우며 내 영혼이 타는 희열을 느껴야만 했던 아픈 추억의 기억들로부터 이제는 오직 순수함 속에서 자라나는 내 안식의 평화를 위해서 순수해야 하겠다

정갈한 내 의지로 아무런 의식의 흐름도 헛되지 않게 삶의 모퉁이에서 조용한 호흡으로 맑은 정기 들이켜 가며 이 모든 아픔들로부터 떠나고 싶다 어쩔 수 없는 절망감으로 몸부림치고 산산이 부서져가는 나의 꿈과 희망도 이제는 찾을 수 없는 황량한 벌판의 모래알로 바람 부는 대로 밟히는 대로 구르고 눌릴 수밖에 없는 압박감 속에서 오늘도 역시 무언가 알 수 없는 이질감 같은 나의 존재의식存在意識으로 이 밤을 앓고 있다

무언지 모를 형상 같은 느낌으로 그냥 울어야 하는 울음이 아침 안개 밑으로 잦아드는 연기煙氣로 대지를 덮어나간다 많은 세월의 흐름을 인식하고 인생의 시간들 헤아려보며 무언지 모를 침잠의 그늘 속으로 가라앉고 깊어지고 새겨져 가는 내 가슴의 절망감으로부터 오늘도 회색빛 그림자를 발견하면서 융화되지 않고 있는 겉도는 맴을 따라서 가슴 저 밑바닥 깊은 회한의 미소를 보고 있다

자만의 자기도취로부터 형성돼 있는 아집我執을 깨뜨리고 따뜻한 인간의 체온을 느끼게 하고 싶다 영육靈肉의 태동으로 그렇게 태어나 참된 아름다움으로 조용한 미소를 짓고만 싶다 어쩔 수 없이 불가항력으로 부딪쳐야만 하는 아픈 것들을 피할 수 있는 곳에서 그런 미소의 소유자가 되고만 싶다 삶의 가치관을 논하기 전에 삶의 의미를 찾고만 싶다 견딜 수 없는 이 거대한 절망감으로부터 나의 의미를 다시 찾아야겠다 무의식의 흐름 속에 나는 그렇게 삶의 태동을 느끼고 싶다

알 수 없는 시간 알 수 없는 인생 결국 도달하는 곳은 아무것도 없는 곳 내 존재의 그림자도 발자국도 찾아볼 수 없는 허허로움으로 귀착되는데 무엇을 더 추구해야 하는지 알 수가 없다 이토록 앓고 있는 이 밤에는 너무도 처절한 내 삶의 의미를 찾을 수 없는 안타까움으로 헤매고 있다 갈수록 회의적이고 갈수록 절망적인 해답의 의미를 찾을 수가 없다 허전한 쓸쓸함 속에서 외로워지고 고독해지고 무기력해지는 것을 나무랄 수도 없는 자기모순적인 영육靈肉간 내 삶의 해답이 그것들을 지지하고 대변하고 항변하고 있기 때문이다

해답을 찾고 나니 무서워지고 그 가운데서 나는 더 이상 얻을 해답이 없음으로 해서 내 삶의 의미를 다시 찾고 있으나 이미 더 찾을 수 없는 현실 속에서 이제는 의식意識마저도 거추장스

럽다 인간이 만들어놓은 것들의 집합체 속에서 주어지는 아픔
들이 무의미하고 무의미한 것들로 인해 아팠던 시간들이 허탈
해진다 지금의 나는 허탈의 덩어리 무의식의 덩어리 더 갈 곳
이 없는 허허로움

자연의 기쁨

봄기운으로 전신全身이 흐늘흐늘 녹아내리고
버들가지 녹녹히 물오르는 소리
하늘 향해 솟아오른다

아지랑이 바라보는
첫 계절의 정감 속으로
내 영혼 이끌고 들어간다

세월의 입김이 채찍 휘두르며
나의 등을 향하고
빈 공간으로 쫓기는 무기력한 삶의 궤도

장미의 가시로 아픔을 노래하고
아름다운 삶의 조각들 찾아서
한걸음 크게 옮겨야겠다

과거의 아픔 기억하는 행위
되풀이 앓아야 할 열병
얼룩으로 존재해야 했던 세월

평안의 안식으로
과거와 미래 들락거리며
허허로운 내 영혼의 자유 누린다

찬란한 봄빛 계절에
아픔의 사슬 녹아내리고
장미의 미소를 회상한다

영원의 기쁨 찾은 나의 계절
흘려야 했던 눈물 땀 피 아픔
허공 끝에 소중히 간직한다

흐늘거리는 봄기운으로 전신全身이 흐늘흐늘 녹아내리고 냇가의 버들이랑 천안의 버들까지 녹녹히 물오르는 소리가 하늘 향해 솟아오른다 흐드러지게 피어나는 아지랑이 춤을 바라보고 또 시작되는 첫 계절의 정감 속으로 내 영혼을 이끌고 들어간다

이리 몰리고 저리 몰리며 쫓겨 가는 나의 뒤쪽에는 사정없이 몰아대는 세월의 입김이 흐늘거리는 채찍 휘둘러대며 나의 등을 향하고 있다 숨 가쁜 한 치의 쉼도 찾을 틈 없이 빈 공간으로 쫓겨 가기만 하는 이 무기력한 삶의 궤도에서 오늘도 무너져 내려야만 하는 내 육신의 비명이 잠멸해 가고 있다

암적색 저녁노을에 핏빛 몸부림 파묻어 장미의 노래로 피어나고 싶다 이 따사한 정감 어린 봄날에 장미의 가시로 이 아픔을 노래하고 다가오는 어두움에 흑黑빛 물들이며 옹기종기 모여 있는 별들과 함께 우러른 장미의 잎으로 이야기하고 싶다 뭇 영혼의 스쳐 감을 느끼면서 예쁘고 아름다운 삶의 조각들 찾아서 녹빛 계절의 지줄대는 자연의 기쁨으로 오늘도 두 손 모으고 있다

먼데 하늘로부터 다가오는 황금빛 의미 헤아려가며 내 삶의 기쁨을 또 찾아야 하는 작업을 서둘러야겠다 쉴 새 없이 쫓김

당하는 모든 것을 등으로부터 느껴가며 이 가냘픈 가슴 뚫고 앞서 가지 못 하도록 한걸음 성큼 옮겨야겠다

과거의 아픔으로 또다시 기억하게 할 행위로 열병을 되풀이 앓아야 할 순간들이 밀려오고 있다 끝없는 방황과 아픔의 터널 달리며 얼룩으로 존재해야만 했던 세월 이제는 노래할 수 있고 웃을 수 있고 볼 수 있으니 황금빛 의미 속에서 더 이상 찾을 수 없는 인생의 끝에서 내 삶의 환희로 이 밤도 평안의 안식으로 나의 휴식이 존재하고 세월을 뛰어넘고 마음 내키면 과거와 미래 들락거리며 허허로움으로 내 영혼의 자유를 누리고 있다

눈부시게 찬란한 봄빛 계절에 내 아픔의 사슬이 녹아내리고 물 따라 흐르며 장미의 미소를 회상한다 새로 생겨난 내 눈을 통해 얻은 자유의 환희로 이 밤 꿈속에서 만나고 싶은 사람 만날 수 있으니 영원의 기쁨을 찾은 나의 계절은 녹綠빛 계절의 승리이리라

그 허공의 끝을 찾기까지 얼마나 많은 시간의 고통 속에서 무너져 내리고 아팠었던가 많은 허공 지나오면서 흘려야만 했던 눈물 땀 피 아픔들 이제는 허공의 끝에다 소중하게 간직해야겠다 흐늘흐늘 내리는 봄기운으로 장미의 기억으로 간직해야

겠다 아름다운 내 영원함을 만끽하면서 이토록 큰 환희로 오
늘 밤 꿈속에서 보고 싶은 그 사람 불러서 이야기하자

풀냄새 그늘

청아한 삶의 푸름
마음 비우는 음률의 몸짓
노랑 개나리 분홍 진달래 나비

삶의 누더기 보관하고
피곤한 내 영혼의 안식처에서
편히 쉬며 펴보고 싶다

소중하게 기워진 푸르른 삶의 조각들
페퍼민트 향과 그린노트 향으로
엇갈려놓고 싶다

청초한 풀냄새 그늘에서
봄 신명의 옷자락으로
나의 옷을 지어야겠다

내 안의 평화 노래하며
환희와 기쁨으로 나의 삶 태우며
조용한 삶의 테두리 엮어야겠다

시간이 존재하지 않는 곳에서
벽돌을 쌓아야 한다
영원한 삶의 안식처 쌓아야 한다

텅 빈 내 영혼의 안식을 위해
덧없는 흐름 같이
찾을 수 없는 의미로 헐어야 한다

세상 밖 세계에서 노래하고
그 바깥 세계에서 춤을 추고
또 하나의 맑은 선線을 그리자

맑은 샘터의 유희 바라보며 갈증을 달래고 있다 청아한 삶의 푸름으로 피어오르는 대지의 노랫소리와 더불어 온갖 삶의 군더더기 잘라버리며 또다시 마음 비워야 하는 음률로 몸짓을 시작하고 노랑 개나리 분홍 진달래 꽃가지 사이를 맑은 선線으로 흘러다닐 나비의 춤 목격하며 길고 험했던 추운 계절의 상념에서 벗어나 회한의 몸짓으로 해동되어 흐르고 싶다 여기저기 헤어진 곳 또다시 기워 내 삶의 누더기들 보관하고 피곤한 내 영혼의 안식처에서 펴보고 싶다 장미의 붉은 향기와 더불어 소중하게 기워진 하나하나의 푸르른 삶의 조각들 냄새 맡으며 장미향으로 곱게 잦아들게 하고만 싶다 페퍼민트 향과 그린노트 향으로 엇갈려놓고 싶다

풀냄새 청초한 그늘에서 이마에 흐른 땀자국의 의미 간직하고 눈부신 봄날에 피어오르는 봄 신명의 옷자락으로 나의 옷을 지어야겠다 쉴 새 없이 또 시계의 세월 바라보며 시계의 하루 음미하며 나의 인생과 더불어 시계의 인생을 헤아려본다 깊은 상처의 아집我執에서 꺼내어 장미 입술에 불을 붙이고 밝아오는 진홍빛 속에서 내 안의 평화 노래하며 눈으로 흐르는 즐거운 환희로 입으로 흐르는 기쁨으로 뜨거운 호흡으로 나의 삶을 태워가며 조용한 삶의 테두리 엮어야겠다

다가오는 계절이 있듯이 삶의 계절을 계절답게 하여라 또 더

듬어가는 알파는 아파야 한다는 것을 인정하고서 벽돌을 쌓아야 한다 얼마나 많은 되풀이를 통해야 하는지 알 수 없는 벽을 우주의 섭리로 쌓아야 한다 시간이 존재하지 않는 곳에서 이 아픔으로 내가 지니고 있는 무게와 수평이 되도록 영원한 삶의 안식처를 우주에 쌓아야 한다 그리곤 헐어야 한다 텅 빈 내 영혼의 안식을 위해 덧없는 흐름같이 찾아볼 수 없는 의미로 헐어야 한다

맑은 샘터 파문으로 일그러지는 형상의 아픔은 시작되고 이미 그려진 허공 안의 마음으로 이끌고 가야 한다 맹종盲從의 삶을 발견한 자들을 위하여 샘터에 앉을 자리 장만해놓고 흐르는 파문 속에서 한 종재기 샘물 떠서 그들의 갈증과 배고픔을 위로하며 더불어 입에서 흐르는 기쁨으로 이야기하고 싶다

오늘도 허공으로 방황하고 또 하나의 목적을 좇아야겠다 끝없는 한 줌의 삶을 위해서 이미 찾아낸 것들로부터 나를 봐야 한다 나를 풀어 펼쳐놓은 자연으로 돌아가고 길었던 여독의 피곤함을 함께 이야기하며 펼쳐놓은 자연은 나요 나는 또다시 펼쳐놓은 자연이니 그 모든 이야기들 자연의 호흡으로 이야기해주자

더 이상 표현할 수 없는 이 느낌을 느낌으로 전하고 의미로 전

하고 눈으로 전하고 호흡으로 들어가 마음으로 전하며 한 종
재기 샘물을 맹종盲從의 삶에 쏟아가며 이 허허로움을 음미하
자 맑은 선線을 만들고 거칠 것 없이 다닐 수 있는 바람으로 다
니자

세상 밖의 세계에서 노래하고 그 바깥의 세계에서 춤추고 그
너머 세계에서 아픔으로 환희를 느끼자 바람 같은 나의 자유
를 알파에 부여하고 청아한 삶의 푸름으로 엮어놓은 조용한
삶의 테두리에 또 하나의 맑은 선을 그리자 장미의 입술이 타
고 있는 이 밤에 밝아오는 진홍빛 아침을 기다리는 몸짓으로
맑은 선線을 그리자

가엾은 몸짓

거듭되는 삶의 무게로
짓눌려오는 압박감에서
벗어날 수 없는 몸부림

슬픈 존재의 발자국 헤아리며
안타까운 울분 삭여야 하는
가엾은 영혼의 몸짓

서글픈 삶의 깊어진 미궁
아픈 밤을 편안히 누이고
하루를 마감해야 한다

수많은 몸짓으로 이야기했건만
하나도 해결할 수 없는 지경
흐르는 대로 그냥 흐른다

쓰라린 삶의 시련으로
그냥 이대로
끝날 수밖에 없는 것일까

가면 쓰고 사는 세상
어찌 부인하며
홀로 찢겨야 하는지

슬프고 가엾은 인간의 인생들
파멸 불러오는 가증스러운 작태
더 이상 깨지지 않으리라

한 꺼풀 삶의 가죽 뒤집어쓰고
칼을 뽑았느니라
승리를 위해서

아픈 삶의 테두리에서 벗어날 수 없는 몸부림이 있다 삶의 거듭되는 무게와 짓눌려오는 압박감 속에서 슬픈 위로의 노래 부르며 헤매고 있는 가엾은 영혼의 몸짓으로 어찌할 수 없는 안타까움으로 울분을 삭여야 하는 슬픈 존재의 발자국 헤아려 가며 휘저음 당해야 하는 가슴속은 아픈 상처로 너덜거리고 화려한 가면으로 다가오는 손짓마저도 역겹기만 한 가증스러운 독사의 혓바닥일진대 이토록 마음 저려오는 이 아픈 밤을 편안히 누이고 베개의 속살거림 속에서 하루를 마감해야 한다

어찌하여 서글픈 삶의 테두리와 가증스러운 작태들의 테두리에서 벗어날 수 없는지 깊어질 대로 깊어진 미궁 속에서 흘러가야만 하는지 가난한 삶의 무게로부터 질식당하지 않기 위해 냉정해져야만 하는 세상의 일면을 나는 어떻게 해결해야 할지 안타까운 마음으로 앓아야 하는 아픈 가슴 어찌해야 하는지 알 수가 없다

수많은 몸짓으로 이야기했건만 슬픈 것들 하나도 해결할 수 없는 지경에 이르러 홀로 타고 남은 재 되어 바람에 그냥 날리고 흐르는 대로 그냥 흐르고 있으니 답답한 마음으로 하루를 연명해야 하는 쓰라린 삶의 시련이 가혹하기만 하다 그냥 이대로 끝날 수밖에 없는 것일까 답답하다

나도 이제부터는 화려한 가면을 쓸 수밖에 없다 모두가 가면
쓰고 사는 세상 어찌 부인하며 홀로 찢겨야 하는지 어리석은
짓은 이제 그만해야지 답답한 생활의 막을 내리고 모든 수족
이 잘린 테두리에서 이제는 피나는 싸움 밖에는 남지 않은 것
같구나

슬픈 인간의 인생들이여 가엾은 인간의 인생들이여 너희들의
싸움에 이제 나도 참가하련다 내가 받은 아픔과 상처 이상의
댓가를 받고야 말리라 가증스러운 작태로 파멸 불러오는 손짓
에 이제는 더 이상 깨지지 않으리라 삶의 테두리로부터 이제
는 안으로 파고들어 깨부수고 이 노여움을 폭파하리라 삶의
무게로 한 꺼풀 가죽 뒤집어쓰고 대결하리라 답답한 인생아
어리석은 인생아 나도 이제는 칼을 뽑았느니라 승리를 위해서
승리를 위해서

세상 먼지 털며

기사년 아침 해가 솟았다
무등산 올라 별 가까이 지내고
무안에서 고장 난 차 안에서 하룻밤 지냈다

내 영혼과 함께 여정 즐기고
태고의 나라 향해 다가가며
세상 먼지 털며 들어가고 싶다

안타까운 삶의 테두리
어쩔 수 없이 굴려야 하는
수레바퀴를 거부할 수 없다

칠흑 같은 밤 꿰뚫으며
숨 가쁘게 달린 거친 호흡
가라앉히며 훈훈한 가슴 느낀다

성숙돼 가는 삶의 허덕임
새해에는 뱀 같은 지혜로
따뜻한 가슴으로 존재하길 소원한다

귓가에 찬바람 스치고 있다
깊은 침잠에서 깨어나
우주를 향해 두 손 모아야 한다

큰사람 될 수 있도록
큰 영혼 될 수 있도록
무한한 밤과 씨름한다

이틀째 밝아온 새해
인내의 삶으로 하루 보내고
편안한 마음으로 눈을 감는다

기사년 아침 해가 솟았다 올해는 또 어떻게 생활해야 할지 알수가 없다 긴 여행으로 시작된 기사년의 출발이다 무등산 굽이굽이 돌아올라 별과 함께 가까이 지내고 무안에서 고장 난 차 안에서 하룻밤 지내고 있다 아픈 삶의 내 영혼과 함께 여정을 즐기고 먼 태곳적 나라로 세상의 온갖 먼지 털어버리며 들어가고 싶다 펼쳐진 자연 둘림 벗하며 아픈 마음 함께 하는 안타까운 삶의 테두리 속에서 어쩔 수 없이 굴려야 하는 수레바퀴를 거부할 수가 없다

삶의 의미의 예쁜 또 하나의 조약돌 얹어 완성해 가는 탑의 의미 속에서 나는 또 헤매고 있다 까만 칠흑 같은 밤 꿰뚫으며 숨 가쁘게 달려와 거친 호흡 가라앉히며 훈훈한 가슴을 느끼고 있다 나약한 존재의 시발점에서 나약한 존재로 종착역에 닿아야 하는 자연의 섭리는 또 하나의 굴레를 인간에게 씌우고 있다

길게 늘어진 길바닥 위를 스치며 오가는 산과 들 풋풋한 흙냄새 바람에 실려 와 후각을 건드리고 있다 피와 땀으로 한해 보내고 슬픈 또 하나의 연륜으로 성숙돼 가는 이 삶의 허덕임은 이렇게 한겨울 밤에 복조리 장사가 복 나누어주고 있는 모습이 선하게 뇌리를 스친다

부디 새해에는 뱀 같은 지혜로 모두가 따뜻한 가슴으로 존재하기를 소원하지만 찬바람 귓가에 스치고 있다 또 얼마나 많은 굽이굽이 돌아 더 성숙된 나의 삶이 될는지 알 수가 없다 깊은 침잠에서 깨어나 사르트르를 또 찾아야 할지 알 수가 없다

무한히 넓은 우주를 바라보며 나는 또 우주를 향해 두 손 모아야 한다 보다 더 넓은 큰사람이 될 수 있도록 나의 큰 영혼이 될 수 있도록 무한한 밤과 씨름하고 더욱더 이웃을 사랑할 수 있는 따뜻한 가슴이 될 수 있기를 기사년 새해에 무안에서 밤 지새우며 내 삶의 의지를 간구하고 인내하며 하루를 보낸다 밝아오는 이틀째 새벽에 조용히 두 눈을 감자 편안한 마음으로…

허허 그것 참

월출봉 밑자락 감돌아 가는 영암 산길
계곡마다 가득한 정기 넘쳐흐르고
바다 냄새 맡으며 장흥 바닷가 마을에 도착했다

어둠이 내려오고 풋풋한 정감이 오가고
저녁상 끝에 모과 주는 향긋한
모과 향으로 감흥이 돋았다

김이 풍년이란다
순박한 삶에도
세상의 바람이 불어왔다

모든 벽 헐어내고
허허 웃을 수 있는 마음의 여유가
새해에는 있어야 하겠다

장흥 바닷가의 서남 초등(국민)학교
초라한 건물에서도
삼라만상의 꿈이 피어난다

목포 유달산 조각품처럼
경직된 부드러움으로 나의 표피
감싸고 있는지 모르겠다

인생의 흐름은 방황에서 방황으로 끝나
보헤미안의 콧노래 같은 느낌으로
다가온다

영암 고갯길 아픈 사랑의 이야기로
하늘 잡아 흔들면 우수수
눈물 쏟아질 것 같다

무안에서 하루 저녁 쉬고 목포로 향했다 굽이굽이 산길 오르고 내려 영암으로 해서 장흥 바닷가 도착하니 어둠이 내려온다 월출봉 정상 바라보며 밑자락 감돌아 가는 영암산길은 그윽한 정기精氣가 계곡마다 넘쳐흐르고 있다 영암 저수지 옆을 지나 일행과 함께 바다 냄새 맡아가며 장흥 바닷가 마을 선착장에 도착했다

풋풋한 정감이 오가고 저녁상 끝에 모과주酒는 향긋한 내음으로 감흥이 돈는다 순박한 삶에도 세상 바람에 휘둘리는 삶이 불만스럽다 김이 풍년이란다 김 양식 이야기 듣고 나니 밤은 점차 무르익어 피곤한 가운데 휴식을 하고 있다 높고 낮은 산과 들 잔잔하게 펼쳐진 바다를 보는 새해의 여정旅程이 이틀째 밤을 맞고 있다

아픈 삶의 상처 도려내고 또 새로운 삶의 투쟁을 위해서 상처가 나야 한다 깊이 몰아쳐 오는 세월의 흐름 속에 이렇게 어쩔 수 없이 흐르고 있는 삶은 자연의 섭리에 순종해야 한다 모든 벽 헐어내고 허허하며 웃을 수 있는 마음의 여유가 새해에는 있어야 하겠다

장흥 바닷가에 있는 서남 초등(국민)학교 초라한 건물이지만 삼라만상의 꿈이 피어나고 있다 나 자신의 목적지는 어디인지

다시 한번 점검해 보며 답답해지는 마음 주체하지 못하고 있다 목포 유달산 조각품처럼 경직된 부드러움이 아픔으로부터 찾아오는 나의 표피가 바위 껍질로 탈바꿈한 것인지도 모르겠다

열심히 살아도 자연의 섭리는 그냥 순종만 요구할 뿐이다 하늘의 바람들조차 제각각 갈 길이 있는데 시간 속 인생의 흐름은 방황으로 시작돼 방황으로 끝나 어느 보헤미안의 콧노래 같은 느낌으로 다가오는 것은 무엇 때문일까 월출봉의 간드러진 자태가 나의 망막 속에 새겨지고 굽이굽이 하늘 오르는 영암 고갯길 역시도 아픈 사랑 이야기로 하늘 잡아 흔들면 우수수 눈물 쏟아질 것만 같다 이 밤 지나면 매연에 찌들 준비해 가며 서울로 달려야 하겠지 아픈 삶의 이야기 만들어 미화美化시키고 자기 합리화의 편한 도구 또 사용해야 하겠지 허허 그것 참

바윗덩이를 할퀴고

새해 아침은 벌써 시작됐건만
삶의 모퉁이만 밟고 있는
아직도 멍청한 바보

의젓한 삶이
나를 외면하는
삶의 허덕임

내면의 황량한 폐허에서
우뚝 버티고 선
바윗덩이를 할퀴고 있다

한줄기 별빛에 의지한 방향감각
대지에 나열한 피곤한 발자국에
아픈 영혼의 바람 소리가 보금자리 찾는다

언젠가는 천둥번개와 함께
바위 껍질의 혈흔
지워줄 비가 오겠지

무거운 마음 막지 못한 아픔은
아픔 불러일으키며
내 그림자 어둠에 던져준다

개벽을 기다리며
작은 촛불로
나의 의미 찾아 헤맨다

뜰에 박아놓은 아픔의 가시가
장미가시임을 뜰은 알고 있는지
모든 영혼의 평안을 바라며 하루를 마감한다

아픔도 굽이굽이 흐르는가 답답한 삶의 테두리 속에서 슬픈 하루의 세월도 아무런 의미조차 소유하지 못한 채 그냥 내던 져진 삶의 모퉁이만 밟고 있는 느낌이다 새해의 아침은 벌써 시작됐건만 아직도 멍청한 바보로 내 삶의 온갖 것들 구겨놓 은 상태에서 가느다란 호흡을 지속하고 있는 것 같다

불안한 마음이 치달리고 있는 것은 무엇 때문일까 좀 더 성숙 된 의젓한 삶의 한 가닥마저 나를 외면하고 있는 것 같다 오만 방자하게 사는 사람들이나 사기 협박질 하는 사람들처럼 그렇 게 살아도 아무런 징계도 없는 것처럼 보이는 것은 무엇 때문 일까

안타까운 삶의 허덕임 속에서 점점 사막의 모래알로 황폐돼가 고 있는 내면의 황량한 폐허를 인식할 때 찾아오는 견딜 수 없 는 내 안의 무기력함을 어떻게 채워야 좋을지 오늘도 나의 내 면內面 속에서 방황하며 내 앞에 우뚝 버티고 선 바윗덩이 할 퀴고 있다

열 손가락 손톱마다 찢기고 열 손가락 뼈마디 드러나게 나의 두 팔을 바위는 먹어가며 혈흔을 남기고 있다 무엇이 옳고 무 엇이 그른지 혼동된 아비규환 속에서 한줄기 별빛에 나의 방 향감각을 의존하고 피곤한 발자국을 대지 위에 나열해 간다

아픈 영혼의 바람 소리마저 이미 흔들어버릴 나뭇잎조차 상실
돼 없어진 깡마른 가로수 사이를 잉잉 울면서 보금자리 찾아
헤매고 있다 세월의 발자국마다 바위 껍질에 균열 남기고 언
젠가는 천둥번개와 함께 나의 팔 잘라먹은 혈흔들 지워줄 비
가 오겠지 아픔은 아픔을 불러일으키며 무거운 마음으로 다가
오는 어둠을 막지 못하고 그냥 어둠에 내 그림자 던져준다 개
벽을 기다리고 있는 작은 촛불로 나의 의미를 찾아 헤맨다

너무도 많은 아픔의 가시를 뜰에다 얼마나 박아놓았는지 알
수가 없다 내가 박은 가시가 장미가시였음을 뜰은 알고나 있
는지 답답한 마음으로 하루의 장을 마감하고 있다 모든 영혼
의 평안함 바라면서 뜰의 모래알 하나라도 그렇기를 바라면서

∗∗∗ 4부

시대를 좇지 못하고

침잠된 자아의 아픔에
발자국마다 고인 내 아픔에
겨울비는 아랑곳 않고 나를 적신다

삶의 테두리 열심히 굴려도
더 무거운 짐 지우고
손발 묶여 상실한 감각

고문대 위 비녀 꽂이 아픔으로
빠득빠득
뼛속으로 파고드는 것 같다

나를 얽어맨 양심 윤리 도덕
의리와 동정이 나를 파먹으며
가슴에 구멍을 뚫었다

무기력하게 스쳐 가며
일어서는 몸짓을 하고
또 다른 몸짓은 희망을 찾는다

내 삶의 어딘가에
안식처는 반드시 존재한다고
굳게 믿으며 발자국을 뗀다

초를 태우며
소외된 인간들의 비명 들으며
우주를 벗어나는 몸짓을 한다

아웃사이더의 외로운 삶
꿈을 위해 희망을 붙잡고
우주 속으로 가야 한다

칠흑의 어둠 속에서 잠겨진 존재의 의미를 찾아 그치지 않는 삶의 여정을 또 시작해 간다 침잠된 자아의 아픔에 겨울비는 울적하니 나를 적셔주고 옮겨놓는 자국마다 아픔 고인 내 영혼까지도 겨울비는 아랑곳하질 않나 보다 삶의 테두리 속에서 열심히 굴려 가고 있는 굴레는 여전히 더 무거운 짐 지우기 위해 크기를 늘려가고 표현할 수 없는 답답한 삶의 그림으로 손발 묶인 채 감각을 상실하고 의미조차 먼 태고의 전설 이야기 같은 것으로 형상화돼 가는 것 같다

무거운 삶의 연결고리는 고문대 위의 비녀 꽂이 같은 아픔으로 빠득빠득 뼛속으로 파고드는 것 같다 안타까운 삶의 지속성으로 인해 무엇을 더 바랄 수 있는지조차 알 수 없는 가운데 그냥 던져진 채 무감각하게 가고 있다 순수한 삶의 목적을 우선순위로 정해버린 나의 감각이 시대를 좇지 못하고 그저 피멍 든 대로 지워지지 않는 삶의 행로가 피곤하기만 하다

양심과 윤리와 도덕이 나를 얽어매고 의리와 동정同情이 나를 파먹으며 순진한 삶의 행로를 어지럽히고 있다 가슴에 구멍 뚫리고 손발은 잘리고 가냘픈 육체는 온갖 가시로 긁히고 찢겨 붉은 피 흘리고 있다 답답한 마음의 덩어리도 토해내지 못하고 그냥 끙끙 앓고 있다 모든 세상의 꼴들을 그냥 무기력하게 스쳐 가야만 한다 또 다른 희망으로 일어서기 위한 몸짓을

나는 해야만 하고 또 다른 몸짓으로 희망을 찾아야 한다 아픈
고뇌 속에서 방황해야 한다 나의 안식처는 내 삶의 어딘가에
반드시 존재한다는 것을 굳게 믿으며 발자국 떼어야 한다

보다 나은 발전과 도약을 위해 나는 또 잠잘 수 없기에 이 밤夜
쪼개가며 내리는 빗소리 그냥 듣고만 있다 나의 바람을 위해서
초를 태우며 울적한 심사 달래고 있다 소외된 인간들의 비명
들어가며 이 우주 벗어나는 몸짓을 시작한다 외로운 삶의 아웃
사이더로 내 쉴 곳 찾아서 집시가 돼야 한다 풍요를 위해서 꿈
을 위해서 내 작은 희망을 붙잡고 오늘도 하루를 잠자야 한다
참을 수 없는 아픔 잊어가며 우주 속으로 가야 한다 결코 패자
가 될 수 없기에 삶이여 사랑이여 우주 속에서 영원 하라 겨울
비 잦아드는 이 밤에 베갯머리 고쳐 베고 이 피곤을 달랜다

우산 속 그림자 하나

날을 거듭해도 답답함은 변함없고
겨울밤 빗소리는 사정없이
진한 고독으로 몰아간다

우산 속 쓸쓸한 그림자 하나
찾아볼 수 없는 독백의 발자국
빗물에 지워져 간다

꿈틀거리는 생명들
여기저기 대지 뚫어대는
푸른 천둥소리로 들끓고 있다

고독마저 향기롭다는
어느 시인의 시구절은 고독의 찬미인가
역설로 대입하고 싶은 마음인가

슈베르트의 나그네로부터
기울이는 소주잔도
겨울비 오는 밤이면 안성맞춤이다

여백의 우산 속은 허허롭고
미약한 힘으로 방치하는
무기력한 삶의 투쟁

눈꽃송이로 피어나지 못한
눈물 된 아픔으로 흐르는지
알 수가 없다

깎여나가는 각질들의 아픔
노래 되어 꽃으로 피어나
탐스런 열매가 돼야 한다

찌뿌둥한 날씨 뚫으며 많지도 적지도 않은 겨울비가 오누나 점점 더 큰 면적으로 자리를 잡아가는 가슴의 여백은 무엇으로 채워지려고 자꾸 넓어져만 가는지 모르겠다 날을 거듭해도 답답한 것 역시 변함이 없구나 이토록 허전한 밤에 겨울 빗소리는 더욱더 진한 고독으로 사정없이 몰아가고 알 수 없는 소외된 자유마저도 허전한 이 분위기를 깨뜨리지 못하고 있다 쓸쓸한 삶의 여백으로 남아있는 아픔은 지워지질 않고 있다

마냥 빗속에 홀로 받쳐 든 우산 속에는 그냥 쓸쓸한 그림자 하나뿐 찾아볼 수 없는 독백의 발자국은 빗물에 지워져 가고 외로운 삶의 실타래는 한줄기로 풀리어 가고 아픔으로 고인 상처 속에는 꿈틀거리는 생명의 시작이 겨울비로 인해 여기저기서 대지를 뚫어대는 푸른 천둥소리로 들끓고 있는데 나는 오로지 보이지 않는 나의 자화상과 씨름을 하고 있다

슬픈 삶의 종장은 언제쯤 일지 고독마저도 향기롭다고 읊조린 어느 시인의 시詩구는 고독의 찬미인가 아니면 자기 합리화의 역설인가 알 수 없는 묘한 마음으로 나의 이 쓸쓸함도 그렇게 역설로 대입시키고픈 마음이다

빗소리와 더불어 기울여보는 소주잔도 괜찮겠지 그 속에서 백조를 발견하고 별을 발견하고 내 사랑까지도 슈베르트의 나

그네로부터 기울이는 소주잔도 오늘 같은 겨울비 오는 밤이면 안성맞춤 일게다 바람조차도 우산 속의 그림자 하나로부터 위안을 받으려는 몸짓으로 다가오는 이 밤에 보헤미안의 그림자를 발견하고 싶다

넓어진 가슴의 여백에는 빗물이 고여 가고 삶의 여백에는 대지를 뚫어대는 푸른 천둥소리로 들끓고 있는데 우산 속의 여백은 여전히 허허롭기만 하다 마음 아픈 것들을 어쩔 수 없이 방치할 수밖에 없는 이 미약한 힘으로 무기력한 삶의 투쟁을 언제까지 해야만 할지 알 수가 없다

내일은 대한이란다 그 무엇들이 눈꽃송이로 피어나지 못하고 아픔으로 그렇게 눈물 되어 흐르게 하는지 알 수가 없구나 우주로 향하는 이 독백마저도 그렇게 흐르고 있건마는 이 아픔으로 새겨져 가는 과거들을 송두리째 버리고 싶지만 현재의 뿌리가 죽지 않기 위해서는 더 큰 아픔으로 서야만 한다 깎여나가는 각질들의 아픔마저도 아름다운 노래 되어 꽃으로 피어나 탐스런 열매가 돼야만 한다 이 밤에도 그런 열매가 돼야만 한다 가슴의 여백으로 내리는 겨울비 속에서

흐르는 눈물

하루가 저무는데
혼자가 됐다
허허롭게 털어버리고 싶은 것들

눈물 속에서 소망하는 것들
시詩라도 읊조리고 싶은 마음
삐에로 몸짓으로 세상을 휘젓는다

발길 닿는 대로
아름다운 의미와 맑은 눈동자 찾아서
영원으로 귀결 짓고 싶다

불쌍한 사람들 앙금 져 내려앉는
안타까움을 어찌하란 말이냐
세상 끌어안기에는 버거운 허전한 가슴

하루가 저물어 가는 순간 영원 속에서 또 혼자가 됐다 알 수 없는 짓눌림 속에서 허허롭게 털어버리고 싶은 모든 것들의 아픔 속에서 무언가 의미를 찾아 가쁜 숨을 토해내고 있다 스산한 바람 속에 묻혀버린 세상의 사연들이 쉼 없이 흐르는 눈물 속에서 간절한 그것들을 소망하며 슬픈 삐에로의 몸짓으로 이 세상을 휘저어 본다 하늘 가까이 더 가까이 다가가서 꽃밭을 가꾸고 한 줄의 시詩라도 읊조리고 싶은 마음으로 한 잔의 술을 들고 있다 모두 잊고픈 것들 헤아려가며 보헤미안의 기타 소리를 상기해 본다 영원으로 귀결 짓고 싶은 것들 아름다운 의미와 맑은 눈동자를 찾아서 발길 닿는 대로 그냥 발자국 옮겨가며 한마디 노래도 읊어본다

슬픈 통곡으로 오늘도 안타까운 걸 슬픔도 내게는 사치가 되겠지 불쌍한 사람들 가슴 밑바닥까지 앙금 져 내려앉는 안타까움을 어찌하란 말이냐 허전한 가슴으로 세상 끌어안기에는 너무도 버겁기만 하다 어쩔 수 없이 인간의 굴레 속에 묻혀 굴러야 하는 인생이기에 모든 것들 거부하고 싶은 이 충동을 알코올로 씻어내며 히히─ 하고 그냥 웃어버리기에는 이 시간들이 너무 아깝다 삶의 의미 속에서 많은 감정들이 오고 가고 본의 아닌 오해도 인간사에서 빼놓을 수 없겠지 왜 이렇게 답답하기만 할까 하늘아 너도 기다란 혓바닥 널름대며 추운 사람들 삼키고 있지는 않느냐

길 솟아 절벽

길이 있었지
솟아올라 절벽이 되었지
분노했었지

안타까운 주먹으로 때려 부쉈지
아픔으로 일그러진 허공이었지
통곡했었지

센티멘털리즘의 대명사 붙어 다녔지
나의 화신 정열의 장미는
늘 포도주와 함께 존재했었지

슬픔으로 무너져 내리고 쌓으며
한줄기 음악으로 아픔 달래며
사랑을 아파했었지

길이 있었지 길 따라 허우적거렸지 드디어 길의 분노를 보았지 더 이상 가지 말라고 솟아올라서 절벽이 되었지 그 앞에서 나는 부들부들 떨었지 분노했었지 안타까운 주먹으로 때려 부쉈지 그리고 나선 허공이었지 아픔으로 일그러진 허공이었지 슬픔이었고 무너져 내리고 통곡했었지

그렇게 흐르는 물에 내던져 버리고 손가락 하나도 까딱하지 못하게 망각으로 온몸을 묶어 버렸어 센티멘털리즘의 대명사가 붙어 다녔지 빨간 장미꽃을 미친 듯이 사랑하고 미쳐 버렸지 나의 정열의 화신花神으로 장미는 늘 포도주와 함께 존재했지

그렇게 사랑을 아파했고 슬픔으로 무너져 내리고 또 쌓아 올리고 막다른 골목에서 허우적거리는 내 자화상 속에서 한 줄기 음악으로 아픔 달래고 영원히 안주할 곳을 찾아서 영원히 찾아서

그래 그렇게 나도 사랑을 아파하고 있단다

아픔의 흔적

하늘 향한 어리석은 바보의 웃음
추운 세상의 진리 망각한 삶
영하의 체감온도 외 아무것도 없었다

인간 상실 시대의 계절풍은
계절도 없이 불어오는
마음 놓고 쉴 수 없는 흑색 지대

인간들의 틈바구니에서
따뜻한 체온 강탈당하는
삶의 목적이 싫다

세상의 진리 거부한 흔적
짓밟히고 찢긴 얼굴
심장에 틀어박힌다

세상의 진리 거부하고
꾸려나가는 삶의 울타리 위에
피어오를 무지개 바라본다

답답한 삶의 구석에서
꽃 음악 알맞은 알코올 즐기며
책장 넘기는 행복에 살아있음을 느낀다

가난한 영혼의 아우성은
어리석은 바보의 웃음소리로 들리고
승리의 환호성이 길게 누웠다

아픈 삶의 안식처마다 불어오는
바람에 장미향 실어 보내고
두 손 모아 고요히 침잠한다

삶의 멍에 뒤집어쓰고 있는 내 영혼 찢긴 자국마다 맺혀있는 진한 아픔의 비명이 밖으로 노출돼 하늘 향해 튀어 오르려는 몸짓으로 버둥대며 용틀임하고 있다 하늘 향한 나의 손아귀는 어리석은 바보의 웃음만 존재하고 그 외에는 아무것도 없다

추운 세상의 진리 망각한 삶으로부터 느낄 수밖에 없는 영하의 체감온도 이외에는 아무것도 없다 안타까운 지킴을 저버리지 못하는 딱한 바보일 수밖에 없다 인간 상실 시대의 계절풍은 계절도 없이 불어오고 서늘한 삶의 모퉁이마저도 마음 놓고 쉴 수 없는 흑색 지대가 되어버렸다 트레이닝이 잘된 스포츠 선수같이 무의식에서도 요구되는 동작을 서늘한 삶의 세계에 늘어놓고 있을 뿐이다

질식할 것만 같은 인간들의 틈바구니에서 따뜻한 체온마저 강탈당해야 하는 삶의 목적이 싫기만 하다 세상 진리 거부한 삶의 흔적들은 휴지조각 마냥 바람에 굴러다니다 짓밟혀 이리 찢기고 저리 찢겨 흙으로 얼룩진 얼굴이 나의 심장에 틀어박힌다 그래도 아무 미련 없이 세상 진리 거부하며 사랑을 배우고 있는 작은 소망으로 꾸려나가는 삶의 울타리 위에 피어오를 무지개 바라보며 한발 한발 지친 발자국 옮긴다

답답한 삶의 구석에서 꽃과 음악과 알맞은 알코올 즐기며 책

장 넘기는 자유로움에 행복을 느끼고 내가 살아있음을 느낀다 큰 아픔 속에서 찾을 수 있는 즐거움들을 그 속에서 느끼고 나의 모든 의미를 부여하는 행위로 나의 삶 확인해가며 오늘 하루도 넘기고 있다 이 아픔 가운데 어쩔 수 없는 삶의 그림자는 떨어져 나가지 않은 채 나의 가냘픈 육체에 꼭 붙어있으니 혼자가 아니라는 것을 증명해 주기 위한 것인지도 모르겠다

하얀 나의 그림자는 두 손이 하늘로 뻗어있다 가난한 영혼의 아우성은 어리석은 바보의 웃음소리로 들리고 아픔의 흔적마저 승리의 환호성으로 지워진 채 길게 누워있다 향기가 진동하는 장미꽃 속에 그렇게 누워있다 아픈 삶의 안식처마다 불어오는 바람에 장미향 실어 보내며 또 이어지는 삶의 기다림으로 고요히 두 손 모으고 침잠한다

그림자 속의 그림자

삶의 유희가 안타까워
마감하는 하루의 미련도
이제는 없다

자연의 섭리에 발버둥 치는
얄팍한 계산의 삶의 무리들은
속세의 아비규환

아픔으로 흘러야 하는
인간 속세의 고통으로
잉태하는 인생들

할퀴고 찢겨져 이합집산하며
서러운 자는 항상 서러운
아픈 마음 달래야 한다

따뜻한 가슴으로 존재하기에는
모순투성이의 아이러니만 답습하는
너무도 추운 세상이다

멍청해지는 사고방식으로
삶의 연장 도모하는
맹목적인 움직임만 있다

삶의 열매는 이름을 뭐라고 할까
개 같은 세상의 하늘 밑은
뭐라고 해야 옳을까

찢겨져 널린 상처들 보면서
가슴앓이 삶의 그림자로
모든 것 망각하고 편히 쉬고 싶다

안타까운 삶의 유희 속에서 하루를 마감하는 시간의 미련도 이제는 없는 것 같다 그저 덤덤하게 보내고 맞이하는 시간의 흐름 속에서 자연의 섭리 아래 발버둥 치는 속세의 아비규환 속에서 얄팍한 계산으로 이어지는 삶의 무리들 속에서 잘게 부서져 내려야 하는 아픔 간직한 채 그냥 흘러야 한다

답답한 세상의 그늘이 싫다 속 시원히 원하는 것들은 어떻게 해볼 도리조차 없어져 버렸다 속세의 고통 거부하지 못하고 받아들여 아픔을 잉태해야만 하는 인생들이다 서로가 할퀴고 서로가 찢겨야 하고 서로가 이합집산을 거듭해가며 아픈 마음 달래야 한다 서러운 자는 항상 서러워야 하는 힘없는 군상들뿐이다 짓밟힘을 당해도 무수히 찢겨도 말 한마디 할 수 없는 그림자 속의 그림자들이다 어둠의 그늘에서 언제까지고 헤어날 수 없는 굴레 쓰고 몸부림칠 수밖에 없는 서러운 자者들이다

오늘도 일어서는 몸짓으로 하루 보내고 자리에 누운 군상들의 모습이 여기저기서 튀어 오르고 있다 하늘도 땅도 알 수 없는 몸짓의 비명 소리 그냥 무심히 듣고 있을 뿐이다 삶의 윤회 속에서 모순투성이 아이러니는 답습해야만 한다 따뜻한 가슴으로 존재하기에는 너무도 추운 세상이다 바위 껍데기 같은 표피들 응고된 마음들 무엇을 더 노래하고 무엇을 더 추구해야 할지 알 수 없는 가운데 그저 멍청해지는 사고방식으로 삶의

연장 도모하려는 맹목적인 움직임만 있을 뿐이다

하늘의 모든 별 헤아려가며 상실된 방향감각을 되찾고 있다
바람은 또 하나의 각질 걷어가고 또 하나의 주름을 남기고 있
다 안타까운 이 밤에 아픈 머리 달래며 이어지는 호흡은 마냥
가쁘기만 하다 삶의 열매는 무어라고 이름해야 옳을까 개 같
은 세상의 하늘 밑은 또 무어라고 해야 좋을지 알 수가 없다
안타까운 세상에서 그냥 덤덤하게 흐르다 덤덤하게 가는 내
발자국 속에는 무엇을 어떻게 그려야 좋을지 알 수가 없다 여
기저기 찢겨져 널린 상처 보면서 그 속에서 또 하나의 나를 보
면서 가슴앓이로 존재하는 삶의 그림자로 있어야 할지 알 수
없는 이 밤 모든 것 망각한 채 편히 쉬고만 싶다

돌 같은 침묵

모든 것 빼앗기고
존재하는 밤
머릿속도 공백으로 멍청하다

찢겨 터져 짓밟히고 으깨진
영혼의 조각 주워
뚫린 가슴에 들이붓는다

찢긴 북통 하늘 높이 매달고
가슴으로 두들겨
하느님을 깨우고 있다

그늘진 솔나무 아래서
돌 같은 침묵으로 이슬 머금고
등불의 슬픈 미소 홀로 지킨다

끈적거리는 가슴의 감성은
이미 아웃사이더로
그림자 무게도 감당하기 힘들다

절망한 타락의 벼랑 끝
푸른 솔나무 북채 만들어
찢겨진 북통 두들긴다

얼어붙은 대지에서 느끼는 사막의 공허
방황해도 알 수 없는
원圓의 시작과 끝

삶의 아이러니 겪는 것을 알면서도
당신이 진정 하느님 아들이라면
찢긴 북통이나 꿰매 주오

모든 것을 다 빼앗긴 순간들이 존재하는 밤 머릿속도 공백으로 멍청해 있고 가슴마저 찬바람이 들락거리고 있다 찢기고 터지고 짓밟히고 으깨진 영혼의 조각들 주워 찬바람 들락거리는 뻥 뚫린 가슴에 들이붓는다 찢겨 나뒹구는 북통 하늘 높이 매달고 가슴으로 두들겨 하느님 깨우고 있다 언제부터인지 알 수 없는 시절에 생명을 부여하고 더불어 고통까지 잊지 않았던 하느님을 깨우고 있다

그늘진 솔나무 아래 푸른 기다림으로 절망을 소망으로 전환시키는 버튼 열심히 두드려도 스탠바이 램프는 꺼지지 않고 무심히 나의 얼굴만 바라다보며 돌 같은 침묵으로 이슬을 머금고 있다 진리는 가까운 곳에 있다 하지만 그것을 찾지 못하고 있는 것인지 아니면 닿을 수 없는 먼 거리에 있는 것인지 알 수가 없다

균열 진 돌의 아픔으로 이 밤 지키며 홀로 지키는 등불마저 슬픈 미소 간직해야 하는 푸른 물 배어든 절망은 길게 누워있다 가슴으로 흐르며 끈적거리는 감정은 아웃사이더로 변신해있고 그림자 무게도 감당하기 힘든 타락의 벼랑 끝에서 절망으로 지저분한 뒷골목 방황하며 두리번거리는 길바닥 위에 얼어붙은 얼음은 풀리지 않고 가증스러운 작태만 연출해내고 있다

천재와 바보가 바뀐 세상에서 야바위꾼들의 손장난 같은 세상
에서 푸른 소나무 북채 만들어 열심히 두들겨도 찢겨진 북통
의 통가죽은 투륵투륵 김빠진 소리만 내뱉고 있다 지쳐버린
삶의 파편들 귓불 지나는 영하의 찬바람이 옷깃을 더 조여매
게 한다 얼어붙은 대지 위에서 사막의 공허함 느끼며 회오리
바람으로 존재하여 방랑하고 야바위꾼의 그림자 접어 주머니
에 넣는다

무언지 알 수 없는 수수께끼 해답 찾아 방황해도 알 수 없는
동그라미의 시작과 끝을 찾아내려는 시도는 번번이 실패로 막
을 내리고 있다 안타까운 아픔으로 하루조차 감당하기 어려운
삶의 아이러니를 여전히 겪어야 하는 굴레는 이미 씌워져 있
는데 그것을 알면서도 그것을 알면서도 예수님 당신이 진정
하느님 아들이라면 찢긴 북통이나 꿰매 주오

아이러니 덩어리

허전하고 아픈 삶의 되풀이
아린 상처가 주름으로 침식되는
바람에 깎인 이 골 저 골 살피며 미소 짓는다

침식돼 버린 삶
뻥 뚫린 가슴
메꾸어지지 않는다

보헤미안의 노랫소리 더듬으며
음침한 빗줄기 속에 잠긴 세상
얼룩진 길 짓밟고 가는 인파

목마른 한 마리 학의 날갯짓
머릿속에 날아든 상념으로
나는 포로가 된다

백색의 푸른 향기
허전한 가슴에
잔뜩 들여 마신다

전신주 위 터져버린 변압기처럼
흉측스러운 해골로 전락한 삶의 그림자는
가슴앓이 환자가 되었다

황폐화돼가는 안타까움
죽음으로 이어지는 호흡 어찌하고
죽음으로 보내는 오늘은 어찌하랴

줄 타는 삶의 서커스 끝난 지 오래
시원한 꼴 한 번 구경 못한 나는
분출된 화강암 덩어리

허전한 삶의 되풀이를 바라본다 아픈 삶으로 침식돼 가는 아린 상처가 주름으로 남아 바람에 깎여진 이골 저 골 두루 살피며 허전한 미소 짓는 우수憂愁에 젖은 삶의 향기 상기想起하고 침식된 삶에 전부의 의미 애써 부여하지만 이미 커다랗게 뚫린 가슴은 메꾸어지지 않는다 아름다움 발견하려는 몸짓은 겨우 꽃송이 몇 개 꽂아놓은 것뿐 어디서도 발견할 수 없는 슬픈 시간 속에서 그치지 않는 보헤미안의 노랫소리 더듬어가고 있다

세상은 음침한 빗줄기 속에 잠겨있고 인파는 얼룩진 길을 짓밟고 지나간다 답답한 시간에서 헤어나고픈 마음으로 조용한 곳 찾아도 세상사 피할 수 없는 현실에서 목마른 한 마리 학의 날갯짓을 샘泉찾아 퍼덕여본다 공허한 대지 위에 내리는 빗방울로 갈증 해소하며 머릿속에 날아든 상념으로 나는 포로가 되었고 세월의 의미를 다시 생각해 본다

침식된 내 삶의 모든 자취 더듬어가며 허전한 삶의 뒷골목 누비는 나의 자화상 속에서 절망으로 이어지는 그림자 주워가며 백색의 푸른 향기 허전한 가슴에 잔뜩 들여 마신다 나의 머리는 이미 용량이 흘러넘쳐 터져 버린 전신주 위 변압기처럼 흉측스러운 해골로 전락해 버렸다

음침한 세상 속에서 음침한 바람 속에서 습도 높은 축축한 느낌 피부로 느끼며 허전한 삶의 되풀이 위해 감긴 눈 떠야 하는 시간들 모진 비바람에도 굴하지 않던 삶의 그림자는 이제 가슴앓이 환자가 되었다

견딜 수 없는 단편적 행위 속에서 삭아져 가는 내면內面의 질량 움켜잡고 마지막 몸부림을 치고 있건만 물의 흐름 어떻게 막을 수 있으랴 황폐돼가는 이 안타까움 어떻게 막을 수 있으랴 죽음으로 이어지는 이 호흡은 또 어떻게 하고 죽음으로 보내는 오늘은 또 어떻게 하랴 생生과 사死의 대비 속에 줄 타는 삶의 서커스 끝난 지 오래건만 똑같이 반복되는 트레이닝으로 오늘도 테크닉 쌓고 있지만 언제까지 부정否定해야 할지 알 수가 없다

시원한 꼴이나 한번 보았으면 원이 없겠지만 시원한 꼴 한번 구경 못 한 나는 허전한 삶의 공백 안에서 가슴앓이 환자인 나는 아이러니 덩어리일 뿐 아무것도 아니다 침식돼버린 아린 상처의 주름일 뿐 아무것도 아니다 나는 이미 분출돼버린 화강암 덩어리 오늘도 표피에 주름 새겨 넣는 작업을 멈추지 않았다

울어도 흐르지 않는 눈물

망막에 새겨진 안타까운 것들
울어도 흐르지 않는 눈물
침묵으로 가슴만 쓸어내린다

고독한 밤 아픔의 잉태
날 밝으면 아무 일 없듯이
세상 속에 묻혀버릴 인생살이

분노도 세월의 그림자로 삭아지고
긴 한숨 뿜는 자화상
무한한 자유를 얻고 싶다

손가락 뼈마디 드러나게 뜯어내며
잉태된 아픔이었기에
참을 수 없는 삶의 형벌이었다

이번 겨울에는 계절조차 상실되어
겨울비 흔한 네거리 가운데
의미 상실한 동상으로 서 있다

경직된 세월 속 자화상
네거리 흘러넘치는 인파들
굳은 입술로 구경하고 있다

허허로움은 아직도 우주만큼 넓어
빈자리 채워지지 않는 기다림이
이 밤을 불안하게 한다

홀로 버려진 음악 흐르는 빈방
가냘픈 가슴 밑으로 잦아드는 아픔
분노는 꽃송이로 머리맡에 쌓인다

쓰리고 아린 아픔이 물밀 져 파고드는 밤이다 먼 옛날 태고 적
부터 잉태된 아픔은 오늘도 예외 없이 각질 들춰가며 알알이
들어와 박히고 있다 외로운 고독보다 더 큰 구멍이 뚫리고 주
체할 수 없는 아픔으로 두 눈 감기에는 너무도 힘이 모자라 망
막에 새겨져 있는 안타까운 것들 들춰보며 신음하고 있다 울
어도 흐르지 않는 눈물 소리 없는 침묵으로 가냘픈 가슴만 쓸
어내리고 있다

빠득빠득 송곳처럼 파고드는 고독한 밤에 또 아픔이 잉태되
고 날 밝으면 아무 일 없었던 것처럼 세상에 묻혀버릴 인생살
이에 잔잔히 잦아드는 분노도 어쩔 수 없는 세월의 그림자 속
으로 삭아 내리고 주름져가는 자화상 속에서 긴 한숨만 뿜어
야 하는 구멍 뚫린 밤이다 무한한 자유를 얻고 싶다 아무것에
도 구애받지 않고 갈 수 있는 무한한 자유를 얻고 싶다 손가락
뼈마디 드러나게 손으로 뜯어내며 잉태된 아픔이기에 참을 수
없는 삶의 형벌이기도 하였다

하늘도 땅도 천둥 치며 진동했건만 아픔은 비가 되어 곳곳에
흘러내리고 이번 겨울엔 계절조차 상실되어 그렇게도 겨울비
가 흔했다 무의식적으로 내딛는 발자국은 의미조차 상실한 채
무언지 알 수 없는 허허로움 속으로 바람 되어 여기저기 스며
들어도 허허로움은 아직도 우주만큼이나 넓구나

허전함 속에서 송곳 같은 외로움과 알 수 없는 허허로움으로 불안해지는 이 밤은 빈자리가 채워지지 않은 기다림에서 비롯된 것 인지도 모르겠다 슬픔으로 지키는 홀로 젖은 이 밤에 이리 뒤척 저리 뒤척 찾아내려는 해답 좇아가지만 고독은 앙금처럼 침묵으로 가라앉고 허허로움은 밤하늘 별 좇아 날아오른다

나만이 홀로 내버려진 음악 흐르는 빈방에 또다시 쓰리고 아린 아픔이 가냘픈 가슴 밑으로 잦아들고 있다 송곳 같은 이 밤에 분노는 꽃송이로 머리맡에 쌓이고 성냥불로 촛불 밝히고 베개 고쳐 베며 가슴에 두 손 고요히 얹는다

비애의 역사

허전한 인생의 모진 애환을
오늘도 오늘도 하며 시작된 오늘은
변함없이 그대로 스쳐간다

단풍도 언제 들었는지
낙엽은 언제 졌는지
모르게 스쳐간 가을

겨울의 문턱에서 꼭꼭 문 닫는 계절
아픈 마음도 닫아야 할 계절인지
알지 못하고 이어지는 방황

삶의 허욕으로 파멸되는 허상
아픔으로 쥐어짜는 슬픈 삶의 놀이
오늘 하루 또 눈을 감아야 한다

행여나 하는 바람으로 굴리는 세월의 수레바퀴
정신병자처럼 지친 가냘픈 육신에서
오선지 꺼내 삶의 교향곡 그려야 한다

세상 비껴보며 눈을 크게 뜨고
가증스러운 웃음으로 이빨 드러내
허욕의 군상 앞에 발톱을 세운다

말초신경으로 연결된 인간 존재의 쾌락은
육신 살라먹는 식인종
인간의 삶은 얼마나 가련한가

한탄은 한탄으로 끝나고
소외된 삶의 아웃사이더 몸부림으로
삶의 끝자락 들추고 숨어야 한다

깊어가는 초겨울 속에서 알 수 없는 방황을 한다 삶의 끝자락에 매달린 채 숨 가쁘게 살아야 하는 인생의 허전한 공간에서 겪어야 하는 모진 애환들 속에서 한결같이 오늘도 오늘도 하며 시작된 오늘은 늘 변함없이 스쳐갔다 단풍 역시 언제 들었다 낙엽 역시 언제 졌는지 모르게 스쳐 지나간 세월의 가을 역시 그렇게 가버리고 이제는 온몸 도사려야 할 겨울 문턱에서 문을 꼭꼭 닫아거는 계절이 되었다 아픈 마음도 닫아야 할 계절인지 알지 못하고 그냥 이어지는 방황과 삶의 허욕虛慾으로 파멸돼가는 모든 허상虛想 속에서 그저 미련 때문만이 아니라는 것을 증명할 아무런 건더기도 없다

무엇을 또 찾아서 결과를 얻어야 할지 알 수 없는 계절에 하얀 눈꽃송이 기다리는 마음으로 계절을 지켜가기에는 빈 가슴이 너무도 넓다 아픔으로 쥐어짜는 슬픈 삶의 놀이가 또 하루를 에누리 없이 앗아가 버렸다 인간의 심층적인 것 역시 간과하지 못한 채 오늘 하루 또 눈을 감아야 한다

애달프게 살아가는 비애의 역사 앞에 남는 것은 역시 남루한 치장 이외에는 아무것도 없다는 것을 익히 알고 있으면서 행여나 하는 바람으로 이어지는 세월의 수레바퀴 막을 수 없다 정신병자 같은 몸짓으로 세상 살기에는 너무도 지쳐버린 가냘픈 육체에서 오선지 꺼내어 삶의 교향곡을 그려 넣어야 한다

쓸쓸한 계절 모퉁이에서 세상 비껴보며 또 눈을 크게 떠야 한다 가증스러운 웃음 띠고 가증스러운 이빨 드러내며 허욕虛慾에 날뛰는 군상들 향해 발톱을 세워야 한다 나도 뛰어야지 끝없이 뛰어야지 결과가 없더라도 그것이 곧 인생이라는 것을 이야기해야 하는 인간의 삶은 얼마나 가련한가

많은 사건 속에 인간의 존재는 쾌락으로 연결되고 말초신경으로 연결된다 또 하루 살라먹듯 인간 역시도 육신肉身 살라먹는 식인종이다 한탄은 한탄으로 끝나고 하나둘 스치는 인간들 속에서 소외된 삶의 몸부림으로 피할 수 없는 아웃사이더가 돼야 한다 차가운 가슴속 피어오를 싹들은 얼마나 될까 헤아려보며 삶의 끝자락 들추고 숨어들어야 한다 아픈 계절에 귀밑으로 스치는 찬바람 느껴가며 숨어들어야 한다

땀으로 극복해야 한다

경오년 새해가 시작됐다
인간이 만든 시간 속에서
또 발버둥 쳐야지

새해를 위해 벽돌 구워야겠다
아픈 삶의 상처 핥아가며
영혼의 안식처 만들어 빈 공간 채워야겠다

얼마나 많은 눈물 흘려야 할지
나에게 주어진 삶의 댓가를
신神은 고통으로 보상받으려 한다

삶의 종착역 향해 가야 한다
삶의 무게 땀으로 극복하며
밝은 내일 위해 가야 한다

무심한 사람들 속에서 물들어
마비되는 감각조차 부술 수 없어
그냥 흐르는 물같이 가고만 싶다

모든 것 다 잊고
나만의 공간과 시간을 위한 자유 찾아
편안한 안식으로 묵묵히 가야 한다

구워진 벽돌로 한 해의 벽돌 쌓으며
좁은 공간에서 펼치는 군상群像의 이기심 벗어나며
우주로 향해서 가야 한다

눈 내리는 계절 지나간
정직한 땀 흘린 이해今年의 끝자락에서
나만의 세월이 또 시작되겠지

경오년 새해가 시작됐다 모든 계절 남김없이 살라먹고 또 하나의 시작을 위해 준비해야지 인간이 만들어놓은 시간 속에서 또 발버둥 쳐야지 언젠가 편안한 휴식이 나에게도 주어질 거라고 굳게 믿으며 또 시작되는 새해를 위해 벽돌을 구워야겠다 아픈 삶의 상처 핥아가면서 쓰라림도 쌓고 허공에 존재하는 영혼의 안식처도 만들어 빈 공간 채워야겠다

답답한 세상살이 속에서 또 얼마나 많은 눈물 흘려야 할지 알수가 없다 나에게 주어진 삶의 댓가를 신神은 이렇게 가加하는 고통으로 보상받으려 한다 날리는 눈발 맞으며 헤매고 헤매지만 여전히 엄습해 오는 삶의 무게가 가냘픈 몸에 압력을 가하고 있다 삶의 종착역 향해 나는 가야 한다 모두 다 벗고 가야한다 힘든 것들 넘어가야 한다

안타까운 마음도 해결할 수 없는 이 무게를 땀으로 극복해야한다 무수히 많은 시련 극복해야지 밝은 내일을 위해서 극복해야지 답답한 가슴 열어젖히고 신선한 바람맞이 해야지 항상제자리만 지키고 있는 것 같은 이 답답함은 욕심 때문일까

많은 존재들 속에서 오늘도 허우적거리며 무심한 사람들 속에서 나도 물들어가고 마비돼 가는 감각들조차 부술 수 없어 그냥 흐르는 물같이 가고 싶다 모든 것 다 잊고 나만의 공간과

나만의 시간 위한 자유 찾고만 싶다 삶의 종착지에서 긴 한숨 토하고 비로소 편안한 안식으로 들어가기 위해 묵묵히 가야 한다 돌아오는 계절들 말없이 맞이하고 보내며 돌고 있는 자연의 섭리에 순응하고 겸허하게 가야 한다 우주 향해 가야 한다

좁은 공간 안에서 펼쳐지는 군상群像들의 이기심을 벗어나 평화의 집으로 향하는 발자국을 찍어야겠다 답답하고 아픈 것들 뜯어내며 구운 벽돌로 또 한해의 벽돌 쌓아야 한다

꽃 피고 비 오고 낙엽 지고 눈 내리는 계절 지나 이 해의 끝자락에서는 어느 만큼이나 성장해 있을지 지금으로서는 알 수가 없다 정직하게 땀 흘리고 부끄럽지 않게 하늘 보며 올해도 자랑스러운 한 해였노라고 이해今年의 끝자락에서 말할 수 있도록 노력할 뿐이다 그리곤 편안한 휴식 가운데 세월은 또 시작되겠지 나만의 세월이…

숨 가쁘게 사는데

숨 가쁘게 사는데
동작도 말도 느린
멍청도라고 이죽거린다

바쁜 세상
바쁘게 산다고
마음 편해지나

바쁠수록 아픔도 바쁘게 찾아들어
가슴에 멍 자국 가실 날 없는데
정情마저 붙일 수 없는데

바쁜 발자국 찢긴 몸부림에도
세상은 무심히 돌아가고
훈련된 동작만 바쁘게 하는데

숨 가쁘게 사는데 동작도 말도 느린 멍청도라고 이죽거린다 나는 이토록 가쁜 숨 눈깔 빠지게 토해내고 있는데 멍청도란다

바쁜 세상 바쁘게 산다고 마음 편해지나 세상이 바쁠수록 아픔도 바쁘게 찾아들어 가슴팍에 틀어박힌 멍 자국 가실 날 없는데 이토록 험한 세상에 두 눈 멀뚱거리며 그냥 바라만 볼 수밖에 없는 삶의 흐름은 죽음으로 돌아가고 있는데 무조건 바빠야만 사람대접받는 서글픈 세상이 됐다

가슴팍 밑으로 끈끈하게 파고드는 정 붙일 수 없는 속도로 세상은 돌아만 간다 하늘 보며 발 구르고 소리 질러도 무심하기만 한데 바쁜 발자국 들어 길바닥 찍어가며 찢긴 몸부림으로 하루해 살라먹고 훈련된 동작만 바쁘게 하고 있을 뿐이다

답답한 가슴은 이제 영겁으로 들어가는데 서러운 삶의 그림자는 여전히 붙어 떨어질 줄 모른다

육신의 뿌리

세상에 묻혀 부딪치는 바람
어찌 피할 수 없는지
비워가는 내면의 허허로움으로 바라본다

허전함으로 공백 채우고
내 표피의 두께는 저쪽 세상에서
또 하나의 생명을 잉태한다

허공으로 달리는 주름진 아픔은
세상의 것인데 꽃 한 송이 향 내음도
바람은 실어다 줄 수 없다

내 안에서 느껴야 하는 황홀감
어디부터 이 아픔 잘라내며
더 큰 허공으로 먹혀야 할지 알 수가 없다

새鳥 날아간 흔적 없듯이
흔적 없는 존재로
저 세계에 옮겨 앉아야 한다

꽃 피워가며
또 하나의 우주 만들어
고통을 구제해야 한다

구정물 흘리며 쓰러져가는 아픈 세상
스스로 알기 전에는 알 수 없는
세상 언어로 전달하기에는 무기력한 허공

이 세상에 육신만 남겨놓고
영혼만 끌고 갔는지 알 수 없다
세상 육신의 뿌리 걷어내는 작업을 하자

세상에 묻혀 있으므로 부딪혀 가야 하는 바람을 어찌 피할 수 없는지 모르겠다 삶의 질곡으로부터 내려진 뿌리 어쩌지 못해 이는 바람에 그냥 잎새 흔들며 서 있는 자아로부터 앓고 있는 가슴앓이까지 씌워진 굴레 굴려가며 하루하루 비어 가는 내면의 허허로움으로 세상을 바라보고 있다

허전한 세상살이 속에서 또 하나의 허전함으로 공백 채우고 한 조각씩 사라져 가는 내 표피의 두께는 저쪽 세상에서 또 하나의 생명 잉태하고 있는데 허허로운 바람 좇아 허공으로 달리는 주름진 아픔은 세상의 것인데 꽃가지 피어오른 아름다운 꽃 한 송이 향 내음도 바람은 실어다 줄 수 없으니 진한 아픔 파고들어 내 안에서 느껴야 하는 황홀감은 어디서부터 이 아픔 잘라가며 느껴야 할지 더 큰 허공으로 먹힘을 당해야 할지 알 수가 없다

하늘에 박혀있는 땀구멍의 좁은 통로로 뛰어들어야 할지 알수가 없다 내면內面의 찢김을 바라보며 내리는 세상의 뿌리 얼마나 파고들어야 할지 알 수가 없다 슬픈 사연의 아픔도 표피적으로 치르고 있는 세상에서 자궁까지 내려야 할지 알 수가 없다

허전한 하루 속에서 한마디ㅓ 공간으로 보아야 한다 그 새鳥가

날아간 흔적 없듯이 나 역시 흔적 없는 존재로 저 세계에 옮겨
앉아야 한다 탐스런 꽃 피워가며 또 하나의 우주 만들어 나의
고통을 구제해야 한다

아름다운 노래는 변색하여 구정물 흘리며 쓰러져가는 아픈 세
상을 세상의 언어로 전달하기에는 무기력한 허공 스스로 알기
전에는 알 수 없는 것을 나는 왜 애써가며 풀어놓으려 하는지
삶의 모퉁이에서부터 퍼렇게 피멍 드는 세상을 나는 왜 풀리
지 않는 것을 풀려고 하는지 모르겠다 통하지 않는 통함을 위
해서 그냥 방관해야 옳은지 알 수가 없다

무수히 많은 세상이 있는데 이렇게 멀리 떨어진 곳에서 왜 나
만 이 세상에 버리고 갔는지 육신肉身만 남아 무슨 일 하라고
영혼靈魂만 끌고 갔는지 알 수가 없다

오늘 밤 허공 되어 허허롭게 다녀오자 이 아픈 공간 정화시키고
세상에 내린 육신의 뿌리 걷어내는 작업을 쉬지 않기 위해서

소모품의 역사

바람 같은 세월
또 한 달 가는 날 새벽 1시 40분
태풍이 몰고 오는 빗방울 소리 들었다

빗속에서 질척거리는 종일
목숨 부지하는 삶의 일
햇빛 못 본 하루가 갔다

가슴의 공간이 하루만큼 넓어졌다
육신은 목숨 부지하는 소모품
바람이 깎은 소모품 확인하는 애련한 고요

인간은 욕심으로 바람風을 탐하지 않으나
음식을 탐하여 피 터지게 싸운다
인간은 바람風에 평등하고 음식에 불평등하다

힘으로
중상모략으로
감언이설로 뺏는다

인간의 역사는 슬픔이다
무리와 목숨 부지 위한
소모품의 슬픈 역사이다

깨어있는 이 순간이 좋아
쇄락灑落한 영역 넓히며
견우와 직녀를 생각한다

바람 같은 세월 속에서
보이지 않게 소모품 깎아가는
바람 지키는 몸부림도 막을 수 없다

바람 같은 세월 속에서 또 한 달 가버리는 마지막 날에 태풍 온다더니 새벽 1시 40분에 정확히 빗방울 소리 들었다 하루 종일 빗속에서 질척거리는 삶 다독이며 목숨 부지하는 일로 햇빛 한번 못 본채 하루가 갔다 허전한 마음으로 매일 뚫려나가는 가슴의 공간들이 또 하루만큼 넓어져 있다

육체는 목숨을 부지하기 위한 소모품이란 걸 또다시 확인하는 애련한 고요 바람이 깎아버리는 소모품은 살갗 이외에도 쿡쿡 쑤시고 저려오는 뼈까지 세월 타고 사라져 가고 있다 나도 언젠가는 흙이 되어 무심한 자연과 몸 섞을 텐데 의식의 뺏김이 두려운 것인지 내 영혼의 죽음이 두려운 것인지 알 수 없다

가련한 목숨 부지하는 소모품은 육체요 육체를 부지하기 위한 소모품은 바람과 음식이다 신神은 인간을 사랑하여 바람을 주셨고 인간의 무료함이 측은해서 음식은 땀 흘려 구하라고 땅을 주셨다

인간은 욕심으로 바람을 탐하지 않으나 음식은 탐하여 피 터지게 싸운다 모든 인간은 바람 앞에 평등하고 음식 앞에 불평등하다 모든 인간은 더 많은 음식 차지하려고 피 터지게 싸우고 있다 힘으로 뺏고 시기하여 중상모략으로 뺏고 감언이설로 뺏는다 그러기에 신神의 역사는 찬양이고 인간의 역사는 슬픔

이다 목숨을 부지하기 위한 소모품의 슬픈 역사이다

싸움도 없고 시기하는 마음도 없고 중상모략도 없는 바람 같
은 세상이 그립다 더 갖고 싶어도 가질 수 없고 덜 갖고 싶어
도 덜 갖지 못하는 그런 세상이 그립다 인간은 욕심을 채우려
는 싸움질로 만신창이 하루를 연명하는 소모품

나는 나의 욕심으로 얼마나 닳아져 간 소모품일까 그래도 한
사십 년 정도는 더 쓸 수 있을까 바람 같은 생각으로 머리에
이는 바람 재우려 해도 깨어있는 이 순간이 좋아 잠들지 않은
머리에 쇄락灑落한 영역만 넓히고 있다

다시 헤어진 현대판 견우와 직녀 만나는 그날에 울지 않고 헤
어진 뒤에 더 큰 울음 우는지 한 달 가버리는 마지막 날에 태
풍이란다 소모품을 지키기 위한 소모품의 몸부림도 바람 같은
세월에 보이지 않고 잡히지 않는 바람일진대 이 밤도 내 육체
깎아가는 바람일진대…

영혼의 무한대

인생의 무게 벗어놓는 신음
허허롭게 공으로 돌아가는 허공 재尺고
토해낸 세상의 허공 바라본다

대지를 강간한 인생의 허공 만지며
세상 갈아놓은 화전火田 돌아보며
밤의 평화에 젖어있다

편안한 영혼의 잠자리에서
벗어놓은 무게만큼 이야기하고
밀려오는 파도 소리에 세상 것들 헤아려본다

수평선 더듬어 내 영혼 안에서
하늘과 대지 경계 짓고
날갯짓하며 허공에 농사 펼친다

극치極致한 첨예의 정신으로 우주를 달린다
다른 세상 옮겨 앉아 밥 먹고
또 다른 세상 옮겨 앉아 공空을 즐기고 공空으로 간다

삶의 허욕에서 분리된 내면의 평화를
감사하면서 감사하면서
표피의 아픔을 매만진다

해방된 영혼의 고요
영원한 무한대의 내 영혼
유한의 속성인 삶의 신음도 끝났다

아픈 영혼 철저하게 아프라고 자위하며
허공 만드는 작업으로 인생 무게 벗어놓고
영혼의 무한대로 들어가자

인생의 무게 벗어놓는 신음 속에서 갈증 나는 육체에 이끌려 무거운 발자국을 옮긴다 허허롭게 공空으로 돌아가는 오늘도 넓어진 만큼의 허공 재尺보고 토해낸 세상의 허공 바라본다 아픔으로 일그러져가는 표피의 자화상 속에서 세상을 읽어야 하고 며칠 남지 않았던 신음 소리가 대지를 영원히 강간한 인생의 허공 만져보며 세상 갈아놓은 화전火田 돌아보며 까만 밤의 평화에 젖어 편안한 영혼의 잠자리에서 벗어놓은 무게만큼 이야기하고 있다

밀려오는 파도 소리에 세상 것들 헤아려보며 어둠 저 끝에서 좌우로 늘어선 수평선 더듬어 보며 나의 영혼 안에 하늘과 대지 그어놓고 파도를 놓는다 표현할 수 없는 내 영혼의 영역 안에서 날갯짓해가며 허공에 농사를 펼친다 온갖 곡식들 허허롭게 파종하며 이 밤에 내리는 빗물 흥건히 끌어다 풍요롭게 채우고 있다

극치極致한 첨예의 정신으로 우주를 넓히고 허공으로 남아가며 아우성 소리를 듣는다 다른 세상으로 옮겨 앉아 밥 먹고 또 다른 세상 옮겨 앉아 음악을 즐기고 공空으로 즐기고 공空으로 간다

삶의 허욕에서 분리된 온전한 내면의 평화를 감사하면서 감사

하면서 표피表皮의 아픔을 매만지고 있다 답답한 육체 벗어내는 작업으로 아픔 앓는 내 손아귀는 아직도 움켜쥔 모양 그대로 해방된 영혼의 고요 바라보며 한숨을 뿜어내고 있다 안타까운 육체의 삶 벗어나 그어놓은 수평선에 매달려본다

영원한 내 주위의 무한대를 갖고서 내 영혼의 무한대를 즐기고 있다 삶의 신음도 언젠가 끝나는 유한의 속성임을 알면서도 짧은 시간에 신음하는 이 밤은 너무도 지루해서 일게다 짧은 인생 길게 신음하는 것들이 너무 많아서 일게다 내 영혼 씻어 내리고 허허로운 공空도 씻어 내리며 또다시 깨어나는 표피表皮의 날들을 만져야 하지 않겠나

스스로 영원한 삶 만들며 이 밤에 오는 비 파도로 밀려올 때까지 인생의 무게 벗어놓는 신음 소리 내야겠다 아픈 영혼 철저하게 아프라고 자위하며 허공 만드는 작업을 하자 내 영혼의 무한대로 들어가자

불교문예시인선 • 048

그림자 속의 그림자

ⓒ박병대, 2022, Printed in Seoul, Korea

초판 1쇄 인쇄 | 2022년 06월 03일
초판 1쇄 발행 | 2022년 06월 10일

지은이 | 박병대
펴낸이 | 문병구
편집인 | 이석정
편　집 | 구름나무
디자인 | 쏠트라인saltline
펴낸곳 | 불교문예출판부

등록번호 | 제312-2005-000016호(2005년 6월 27일)
주　　소 | 03656 서울시 서대문구 가좌로2길 50
전화번호 | 02) 308-9520
전자우편 | bulmoonye@hanmail.net

ISBN : 978-89-97276-64-6 (03810)
값 : 15,000원